로고

로고

서울 거리를 걷고 싶어

김영리 장편소설

특별한서재

차례

발
견

1

세계관이 중요하다.

게임을 할 때도, 농담을 할 때도. 세상 수많은 것들이 세찬 바람에 나부끼는 양말처럼 흔들려도 세계관은 바뀌어선 안 된다.

마당을 가로지르는 줄에 걸린 양말을 걷으며 세계관에 대해 생각했다. 수십 켤레 중 내 양말은 한 켤레고 나머지는 할아버지와 공장에서 일하는 아저씨들 것이다. 바구니에 양말을 넣은 후 몸을 돌려 하늘을 올려다보았다. 빗금을 그은 것처럼 흐렸다.

이런 하늘을 영화에서 본 적이 있다. 외계인이 침공하기 전이 딱 이랬다. 갑자기 주위가 어두워지면서 번개가 내리쳤다.

할아버지는 고전 영화광이다. 같은 영화를 스물다섯 번째 보던 날 할아버지가 물었다.

"저 녀석이 왜 살아남은 줄 아니?"

일곱 살 생일이 막 지났을 때였다. 내 머리는 바가지였고 두 볼은 촌스러웠다. 립스틱을 찍은 후 문지른 것처럼 볼이 발그스레했다. 그때 사진은 모두 없앴다. 훗날 놀림거리가 되도록 남겨둘 수 없었다.

평소에 할아버지는 '밥 먹자'와 '자라'만으로도 가족 간의 대화가 충분하다고 믿었다. 그래서 할아버지가 하는 모든 말은 중요했다. 그날 그 질문은 기회였다. 저녁 디저트로 아이스바를 먹을 수 있을지 결정하는 중요한 질문이었다.

"주인공이니까요."

"주인공은 무조건 살아남아야 하는 거냐? 모두 행복해야 하고?"

질문이 이어지는 동안 내 모든 신경은 냉장고로 향해 있었다. 냉동실에서 아이스바를 구출할 수 있는 건 오직 나뿐이었다. 모든 건 내 혀끝에 달려 있었다.

"살아남을 만한 행동을 했으니까요."

할아버지는 무릎을 짚고 의자에서 일어나 냉장고로 향했다. 그러곤 아이스바를 꺼내며 말을 이었다.

"세계관 때문이지. 저 녀석이 세상을 이해하는 방식이 보통 사람들과는 다르니까. 그게 주인공인지 아닌지를 결정하고,

끔찍한 재난 속에서 살아남을 가치가 있는지 없는지를 알려주지."

할아버지가 꺼낸 아이스바는 내가 가장 좋아하는 소다 맛이었다. 나는 고개를 수십 번 끄덕였다. 벌새였다면 초당 백 번의 날갯짓을 했을 것이다. 세계관은 중요하다. 아이스바를 먹을 때 특히. 그 사실을 어렸을 때부터 깨달았다.

다 먹은 아이스바 막대를 물고 영화 엔딩 크레딧이 올라가는 것을 보았다. 그 영화에서 지구를 침공한 외계 생명체는 인공 지능 기계였다.

옛 생각에 빠져 바구니를 옆구리에 낀 채 한참 하늘을 보고 있었다. 옆으로 이글비가 슥 지나가며 제 털을 내 다리에 비볐다. 자기를 보라는 것이다. 몸을 낮춰 이글비의 귀 뒤쪽을 긁어 준 뒤 평상으로 자리를 옮겼다.

이글비는 나와 동갑내기다. 공장 아저씨들은 사람과 개의 시간이 다르므로 이글비가 할아버지보다 나이가 많을 거라고들 했지만, 나에게 이글비는 세상 유일한 단짝 친구다. 요즘 들어 잠이 부쩍 많아지긴 했지만.

"어때? 비가 올 것 같아?"

양말을 개면서 물었다. 이글비는 고개를 위로 올려 코를 킁킁댔다. 잠시 후 다시 고개를 척 평상 바닥에 붙였다.

"아니야?"

이글비는 과묵한 편이다. 나는 이글비의 귀를 젖혀 바람이

들어가게 해주었다. 코끼리처럼 축 늘어진 귀 때문에 귓병이 많은 종이었다. 귀를 부드럽게 뒤로 젖히자 문신으로 새긴 일련번호 B195436이 드러났다. 뒤쪽의 3은 귓바퀴에 걸쳐져 있어서 3인지 8인지 분간이 되지 않았다. 개체 번호로 관리되는 코드라 실험용 비글에는 모두 귀 안쪽에 문신이 되어 있었다.

오래된 상처니까 아프지 않을 거라고 그랬다. 이글비를 데려온 할아버지도, 수의사 선생님도. 하지만 이글비의 귀를 만질 때면 늘 조심스러웠다. 상처가 오래됐다고 아프지 않을 리 없다. 그건 내가 잘 안다.

할아버지는 이글비를 데려오던 날 나에게 말했다.

"이제부터 네가 이 녀석의 세상이 되는 거다."

이글비에게 따로 세계관을 물어본 적은 없지만, 본능적으로 알았다. 나는 이글비의 우주였다. 한 생명의 우주가 되는 일은 가슴이 뻐근해지도록 아름다운 일이다.

다시 돌아가서. 세계관을 확인하는 방법은 크게 두 가지다.

첫 번째, 위기에서 어떻게 행동하느냐.

불타오르는 건물에서 아이를 먼저 구하느냐, 뒤도 돌아보지 않고 도망치느냐. 위기에 처하면 세계관이 극명하게 보인다. 하지만 현실은 영화와 다르다. 안전한 세상에서는 세계관을 확인하기가 어렵다. 내 배가 부르면 모두에게 친절하다. 짐승도 그러하다. 할아버지가 입버릇처럼 하는 말씀이다.

두 번째, 질문.

제일 좋아하는 좀비 드라마에서 낯선 타인을 무리에 받아들이기 전 그들은 세 가지 질문을 던진다. 좀비를 얼마나 죽였냐. 사람을 죽인 적 있냐. 왜?

질문은 중요하다. 세계관을 확인하는 것은 더 중요하고. 질문으로 내 편과 적을 구분해야 한다. 적을 내 편으로 오해하면 주인공이라도 비명횡사할 수 있으니까. 보통 위기에 빠진 주인공의 미래는 둘 중 하나로 갈린다. 비장하게 죽음을 맞거나 고통을 겪으며 성장하거나. 둘 다 달갑지 않다. 타인이 내 인생에 끼어들어 발생하는 위기를 피하려면 질문이 필요하다.

열다섯은 세계관을 정립하는 질문을 정해야 하는 중요한 시기다. 나는 열다섯 하고도 2분의 1이 지났다. 더는 미룰 수 없다. 내가 특별한지 아닌지는 세계관에서 결정이 난다. 오래전부터 머릿속으로 나와 남을 나눌 꼭 맞는 질문이 무엇일지 생각하고 또 생각했다. 그날은 세 가지 질문을 드디어 결정한 날이었다.

로봇을 얼마나 처리했는가.

유전자 조합 인간을 싫어하는가.

왜?

그로부터 며칠 뒤 뜻밖의 녀석을 만나면서 나의 세계관이 송두리째 흔들렸다.

2

땀은 정직하다.

우리 집 가훈이면서 공장 사훈이다. 공장에 도착하니, 할아
버지와 아저씨들이 땀으로 샤워한 것처럼 젖어 있었다. 나는
휴게 시간을 기다려 보송하게 마른 양말을 전달했다. 아저씨
들이 얼음을 가득 채운 커피믹스를 텀블러째 들이켜며 땀에
젖은 양말을 벗고 새 양말로 갈아 신었다.

"이건 더 말려라."

할아버지가 양말 하나를 옆으로 빼며 말했다. 소재가 다른
것들보다 두꺼워서 밴딩이 축축했다. 할아버지는 박 씨 아저
씨 양말을 건조하다 싶을 만큼 바짝 마른 것으로 바꿔주었다.

할아버지는 그런 사람이었다. 사시사철 뜨겁고 습한 공장에
서 직원들에게 해줄 수 있는 일이 커피믹스를 내주는 것과 양
말 교체뿐이더라도, 커피믹스에 얼음은 가득 채워져야 하고
갈아신을 양말은 두껍고 보송보송해야 한다.

그것이 할아버지가 오십 년 동안 큰 사고 없이 공장을 운영
해 온 비결이 아니겠냐고 박 씨 아저씨가 말한 적 있다. 나는
그것이 할아버지가 늘 강조하는 세계관 때문이라고 생각한다.

할아버지는 직원을 새로 뽑을 때 세 가지 질문을 한다. 이전
일터에서 일한 기간은? 그곳을 언제 그만두었는가? 왜?

3D 업종(더럽고Difficult, 어럽고Dirty, 위험한Dangerous)에 월급은 쥐

꼬리지만 일하고 싶어 하는 사람들이 있다. 그들에게는 일이 생존의 문제다.

"자, 이제 일어납시다."

휴게 시간이 끝나자 할아버지가 제일 먼저 일어났다. 커피 믹스를 쭈욱 들이켜고 하나둘 휴게실을 나갔다. 나는 각각 이름이 새겨진 텀블러들을 싱크대로 옮겼다.

박 씨 아저씨가 새로 사 온 고무장갑을 챙겨주며 물었다.

"진짜 공장 일엔 관심 없어?"

박 씨 아저씨는 종종 전자동화 시스템 공장에 밀려 문 닫게 된 다른 공장들 이야기를 해주곤 했다. 꼬박 육 년 동안 일을 찾아 전국 팔도를 돌았지만, 산업용 로봇들에게 죄다 일을 뺏겨 본의 아니게 놀다가 할아버지 공장에 취직한 후 이 동네에 뿌리를 박았다. 박 씨 아저씨는 공장에서 십오 분 거리에 살고 있었다. 박 씨 아저씨는 할아버지 광팬이다. 조금 부담스러울 만큼.

내가 학교를 졸업하면 할아버지가 직원 중 한 사람에게 공장을 넘기고 은퇴할지도 모른다는 소문이 아저씨들 사이에 돌고 있었다. 수도꼭지를 잠그고 단호하게 말했다.

"다른 아저씨들께 들으신 그대로예요. 전 공장 안 물려받아요. 그리고, 저 하고 싶은 일이 따로 있어요."

"진짜? 아유, 잘됐네. 그럼! 젊은 애가 꿈이 있어야지. 근데 꿈이 뭔데?"

박 씨 아저씨 눈에 호기심이 반짝였다. 이 자리에서 확실하게 답변하지 않으면 계속 쫓아다니며 물을 것 같았다. 그래서 쐐기를 박듯 말했다.

"제 꿈은 가우디예요."

박 씨 아저씨가 일시 정지 버튼을 누른 것처럼 고요한 눈으로 나를 보았다. 가우디가 무엇인지 전혀 감도 안 잡히는 얼굴로 나를 뚫어지게 보아서, 얼른 덧붙였다.

"가우디는 유명한 건축가예요."

"아."

박 씨 아저씨는 한발 늦게 고개를 주억거렸다.

"멋지네. 가우디란 사람 부럽다, 야. 누군가 나를 보며 나처럼 되고 싶어 한다? 어유, 생각만 해도 근지럽네."

박 씨 아저씨는 상상만으로도 부끄럽다는 듯 괜스레 팔을 긁었다. 그러더니, 대뜸 파이팅을 외치고는 일하러 나갔다. 공장은 다시 바쁘게 돌아갔다.

고철 가공 공장은 매일같이 수백 톤이 넘는 고철들과 전쟁을 치렀다. 오전에는 전국 각지에서 들어오는 고철 하차 작업에 이어 분류 작업까지 숨 가쁘게 이어졌다. 고철을 크기와 무게, 재질에 따라 분류할 때는 중장비가 동원됐다. 아슬아슬하게 공중에 매달려 옮겨지는 고철들이 언제 무기로 돌변할지 모르기 때문에 분류 담당 아저씨의 등은 늘 땀에 젖어 있었다.

검수 반장 김 씨 아저씨가 고철이 아닌 플라스틱 같은 것을 직접 골라냈다. 불순물이 전기로에 들어가면 폭발 위험이 있어 반드시 골라내야 한다. 특히 고철은 무게에 따라 값이 달라지기 때문에 고철이 아닌 것들은 사진을 찍어 납품 업체에 통보해서 월말에 금액을 조정했다.

오후부터는 전기로에 들어갈 고철을 적당한 크기로 잘라주는 일을 했다. 크기가 큰 고철은 일일이 산소 절단기로 사람이 잘라줘야 하는데, 절단 시 순간 온도가 1200도에 달했다.

오늘처럼 한창 더운 7월에도 뜨거운 열기와 쇠를 녹이면서 퍼지는 매캐한 연기, 불똥이 사방으로 튀는 환경 속에서 방열복과 두꺼운 장갑, 마스크로 온몸을 무장한 채 작업했다.

"어? 잠깐! 멈춰봐!"

박 씨 아저씨가 크게 손을 흔들었다. 아저씨들이 웅성웅성 모여들자 끝쪽에서 일하던 할아버지가 기계를 멈추고 발을 옮겼다. 나도 그쪽으로 다가가 목을 쭉 뺐다.

"이거 아무래도 팔 같은데요."

"다리 아니야? 관절이 있다고 죄다 팔은 아니잖아."

"에이, 다리라고 하기엔 좀 짧지."

아저씨들끼리 설왕설래하는 사이 할아버지가 꼼꼼히 살펴보았다. 팔 안쪽에 일련번호를 거칠게 지운 흔적이 있었다. 그러면 그렇지라는 쓸쓸함이 눈에서 눈으로 이어졌다.

"오늘 들어온 물건들 어느 업체 겁니까?"

"경기도 남부 재활용 수거장이었어요. 누가 또 신고 안 하고 폐기한 것 같네요."

"무슨 모델인지 영 모르겠는데."

"신형은 아닌 것 같아요. 최소 이십 년은 넘은 것 같은데."

로봇이 흔한 시대라 종류도 다양했다. 모델명을 모르면 부분만 가지고 어느 제조사에서 만들어진 몇 년도 상품인지 알 수 없었다. 할아버지가 김 씨 아저씨에게 말했다.

"안 걸리려고 토막 내서 버린 것 같으니까 더 찾아봅시다. 다 찾으면 찍어서 업체에 보내고, 꼭 신고 센터에도 연락하고."

"신고는 제가 했어요."

내가 휴대폰으로 신고 센터에 문자를 보내며 말했다.

해질녘이 되어서야 토막 난 로봇의 몸 전체가 한곳에 모였다. 키가 2미터는 되는 길쭉한 로봇이었다. 단면마다 가정용 토치로 자른 흔적이 눈에 띄었다. 신고 센터에선 내일 온다고 했다.

공장 아저씨들은 로봇의 몸을 골라내느라 오늘 치 작업량을 다 소화하지 못했다. 내일 한 시간씩 일찍 출근하자며 할아버지는 아저씨들을 독려한 뒤 돌려보냈다.

나는 할아버지와 집으로 돌아오는 길에 말을 꺼냈다.

"내일 저도 좀 도울까요?"

"내일은 학교 가는 날이잖냐."

"빼면 되죠."

"학교는 가야지."

"……토막 로봇이 계속 늘어나네요. 신고 센터가 바쁜 걸 보면 다른 데에서도 이런 일이 많나 봐요."

"공무원들은 늘 바쁘지."

할아버지는 그 말을 끝으로 말없이 집까지 걸었다. 집에 도착하니 대문까지 이글비가 뛰어나왔다. 나는 그 자리에 앉아 이글비의 목 뒤를 긁어주었다. 이글비는 몸을 뒤집어 바닥에 등을 대고 누웠다. 배도 긁어달라는 것이었다. 아까 공장에서 본 토막 난 로봇을 눈앞에서 지우기 위해 오랫동안 이글비와 살을 부볐다.

밤이 짧았다.

3

오늘은 일주일에 한 번 학교 가는 날이다.

공장은 소음을 이유로 도시에서 멀리 떨어진 곳에 있었고, 학교는 시내에 있었다. 학교까지 걸어가면 세 시간이 조금 넘었다.

나는 걷는 것을 좋아한다. 걸으면서 보는 풍경은 느리게 변한다. 나는 빠른 것을 좋아하지 않는다. 느린 것에는 빠른 것에서 느낄 수 없는 독특한 감성이 있다.

하지만 지금은 이글비와 산책하는 시간이 아니었다. 등교라는 목표를 향해 경보하듯 빠르게 걸었다. 척추를 따라 옷이 땀으로 젖었다. 학교에 도착하자마자 1층 화장실에서 셔츠를 갈아입었다. 땀은 정직하지만 냄새는 그것과 별개니까.

3층으로 올라갔다. 반이 와자지껄했다. 모든 학생이 등교하는 날은 드물었다. 일주일에 한 번 오는 등교일조차 가정 학습을 이유로 오지 않는 경우가 많으니까.

오늘 학교에 나온 이유는 공식적으로는 방학식을 위해서였고 비공식적으로는 수행 평가를 보기 위해서였다. 여행이나 질병을 이유로 학교에 나오지 않은 학생은 없었다. 점수를 환산해 보면 오늘 볼 수행 평가가 저번 주에 끝난 지필고사보다 비중이 더 높았다.

어른들은 우리를 역사상 가장 빠르게 변화하는 시대를 사는 학생들이라고 일컬었다. 기술의 발전으로 자고 일어나면 신기술 발표가 끝도 없이 나오고 신조어는 너무 많아 다 외우지도 못할 정도였다. 그만큼 당황하고 놀랄 일도 많았다. 더는 학벌이 직업을 보장해 주지 않는 사회에서 살아남으려면 개성이 중요하다고들 했다.

모두가 어떻게든 자신을 만천하에 보여주고 싶어 하지만, 그 방법을 찾기는 쉽지 않다. 그래서 내 또래 대부분은 익숙한 방식으로 개성을 드러냈다.

시간을 투자한 만큼 레벨업을 이룰 수 있는 게임에 빠진 애들과 SNS에 일상을 쉴 새 없이 공유하는 부류로 크게 나뉘었다.

'게임헌터'와 '하트헌터'가 인싸인 반면, 나처럼 독서나 하는 녀석은 완벽한 아싸였다. 일부러 튀려고 책 읽는 척하는 거 아니냐는 애들이 있는데, 나는 진짜 책을 좋아한다.

홀쭉한 가방에서 책을 한 권 꺼냈다. 패드로 전자책을 읽어도 되지만, 나는 실제로 만질 수 있는 책이 좋다. 책장을 넘길 때 나는 사그락 소리와 오래 묵은 종이 냄새가 특히 좋다.

내가 펼친 책은 희귀한 초판본이다. 오 년 전부터 책을 찍을 때는, 전국 도서관에 배부할 용과 골수팬을 위해 찍는 소장용 100부를 제외하고 무조건 전자책 발간을 원칙으로 한다. 자원 절약으로 산소권을 지키기 위해서라는데, 말도 안 되는 소리다. 고철 가공 공장처럼 종이 역시 얼마든지 재생될 수 있는데. 그냥 사는 사람이 없으니 안 만드는 것이다.

지금 내가 읽는 책은 『우리의 미래는 닫혀 있다』이다. 엄마의 유품 중 하나다. 엄마는 독서광이었다. 엄마가 내 나이였을 때만 해도 출판의 르네상스라고 불릴 만큼 하루에도 수백 종의 책들이 쏟아져 나왔다. 이건 그 시절에 출간된 책이다. 나는 누렇게 변한 종이를 넘기며 수십 번은 읽은 책을 또 읽었다.

학교에서 내 별명은 20세기 문학소년이다. 비아냥거리는 의도가 있다는 걸 알지만, 상관없다. 패드에 코를 박고 게임하거나 SNS에 갇힌 소리 없는 아우성 속에서 나는 고요히 책에 침잠했다. 엄마가 보던 책을 읽을 때면 내 나이 때의 엄마와 시간을 건너 대화하는 것 같다.

"우와, 이거 새로 출시한 안드로이드야?"

"대박. 네 거야?"

학생들이 웅성거렸다. 책에 집중해 보려고 했지만, 해림의 목소리가 귀로 파고들었다.

"얼마 전에 생일 선물로 받았어."

"근데 왜 남자 안드로이드야? 보통은 같은 성별 사지 않나."

"내가 남자로 태어났다면 어땠을지 궁금했거든. 그래서 몇 달 전에 맞춤형으로 주문했어."

해림은 전학 오자마자 월반한 케이스였다. 나이는 나보다 세 살 어리니까 올해 열둘이었다. 보통 한 학년 정도는 기본으로 월반하는 게 예사인데, 세 학년을 월반하는 건 드물었다. 오자마자 전교권 진입이라는 기염을 토했다.

나는 책을 덮었다. 독서는 물 건너갔다. 해림은 시끄러운 타입이다. 모두가 갖고 싶어 하는 안드로이드를 학교에 가져와 자랑하면서 '개성'을 드러내려는 건가. 불만을 꾹꾹 눌러 담은 눈빛으로 해림을 쳐다보았다. 해림이 내 눈빛을 오해하고 곧장 나에게로 뛰어왔다. 해림의 뒤로 안드로이드가 그림자처럼 따라왔다.

"내 안드로이드 볼래? 인사시켜 줄까?"

"쟤는 스스로 인사 못 해? 네가 명령해야만 인사할 수 있나 봐?"

"내가 직접 소개해 주고 싶어서."

"관심 없어."

애들이 안드로이드 이름은 지었냐고 묻자 해림은 고개를 가로저으며 아이들에게 물었다.

"이름을 뭘로 지으면 좋을까. 괜찮은 후보 없어?"

"야야, 바보충 어때? 아니면 좀비캅?"

"으, 싫어. 놀리지 마. 듣겠다."

해림은 까치발을 들고 안드로이드 귀를 가린 뒤 웃으면서 말했다. 해림은 언제나 웃는 아이였다. 해림에게는 온 세상이 크레파스로 그린 그림처럼 총천연색인 것 같다. 그래서 더 싫다.

무조건 안드로이드 이름에 센 건 다 박아야 한다, 다른 안드로이드 기죽이게 이름부터 기선 제압 들어가야 한다면서 애들이 듣도 보도 못한 이름들을 말했다. 해림이 다 별로라며 고개를 가로젓다가 갑자기 나를 향해 물었다.

"안드로이드한테 어떤 이름이 어울릴 것 같아?"

모두가 나를 쳐다보았다. 해림은 무엇을 하든 나의 의견을 중요하게 생각했다. 나는 딱딱하게 되물었다.

"이름을 정한다고?"

"이름은 필요해. 계속 시리얼 넘버로 부르는 건 안드로이드에 대한 차별이고 모욕이야."

"그러니까 그걸 왜 네가 정하는데?"

"이 로봇은 내 거니까."

소유권이라니, 무적의 논리였다. 나는 보란 듯이 책을 다시 펼치며 말했다.

"뭐든 상관없는데, 저 로봇 이름에서 '인류'는 빼줘. '부탁'이야."

4

주위가 고요했다.

불편한 침묵은 몇 초를 넘기지 못했다. 해림이 웃음기를 빼고 물었다.

"안드로이드 싫어해?"

"넌 로봇이 좋아?"

"왜 싫어해?"

"싫은 데 이유가 있나."

"……."

해림은 입을 꾹 다물고 나를 쳐다보았다. 나도 해림의 눈을 피하지 않고 그대로 받아냈다.

열다섯과 열둘은 다르다. 나는 중학교 2학년이다. 이 반에 열다섯인 학생은 오직 나뿐이다. 나를 제외한 모두가 적게는 한 학년, 많게는 해림처럼 세 학년을 월반했다. 제 나이에 맞는 학년을 다닌다는 사실이 더는 당연하지 않았다. 제 속도로 사는 건 뒤처진다는 증거다.

유전자 조합 인간이 아닌 학생은 전교에 오직 나 하나다. 나는 특별했다. 본의 아니게.

나는 책을 많이 읽지만 지식은 로봇을 따라가지 못하고, 성장은 유전자 조합 아이들을 따라잡지 못한다. 나는 어떻게 나를 증명해야 할까. 과연 할 수 있을까.

그러니까, 방금 내가 한 행동은 조금 치졸했는지도 모른다. 자격지심 같은 걸로 보였을까. 하지만 나는 해림이 내 말의 행간을 읽어냈을 거라 믿었다. 세게 던진 강속구가 먹혔는지 해림은 안드로이드의 손을 잡고 제자리로 돌아갔다.

몇 분 지나지 않아 담임 선생님이 반으로 들어왔다. 선생님은 성인 남성이 해림 옆에 서 있는 걸 보고 놀랐다. 곧이어 선생님의 시선이 조금 위로 올라갔다.

선생님이 착 가라앉은 음성으로 해림을 보며 물었다.

"해림아, 안드로이드를 왜 학교에 데리고 왔니?"

"애들한테 보여주고 싶어서요."

선생님은 당장 부모님을 학교로 오시라고 할 수는 없으니, 일단 안드로이드를 복도에 세워두라고 했다. 해림이 말하자 안드로이드는 문을 열고 나가 복도에 서 있었다. 그런데 시선이 교실 쪽을 향해 있었다. 선생님이 직접 복도로 나가 안드로이드의 몸을 움직여 미세하게 조종했다.

그사이 톡이 분주히 오갔다. 선생님 없이 만든 반톡이었다. 다들 책상 아래로 엄지가 바쁘게 움직였다. 내 패드에도 대화 내용이 빠르게 떴다.

- 오늘 왜 보조 쌤들 코빼기도 안 보이냐?

- 수행 평가니까 모두 창고에서 대기하라고 했나 보지.

- 오 분 대기조ㅋㅋㅋ.

- 야, 니네 들었어? 내년부터 우리 학교가 로봇 쌤들만으로 이루어진 시 범 학교로 지정된 거? 그래서 담임 화난 거 아님?

- 대박. 이제 쌤들이 창고에서 오 분 대기조 하는 거야?

- 미쳤다!!

- 그거 가짜 뉴스야. 근데, 2학기 때 교생 쌤이 안드로이드로 온다는 소 문이 있던데.

- 최신형이 좋긴 하지만, 근데 굳이 왜?

- 안드로이드가 얼마나 사회적응력이 뛰어난가 실험하는 거라던데?

- 우리가 모르모토야? 짜증.

- 근데 그럼 진짜 쌤이랑 너무 구분이 안 가는 거 아니야?

- 머리 위를 보면 바로 티 나는데, 구분이 안 되진 않겠지. 근데 좀 소름 돋지 않냐. 그럴 거면 주 쌤이랑 보조 쌤이랑 무슨 차이냐고.

드르륵 교실 문이 다시 열렸다. 선생님과 해림이 교실로 들 어왔다. 복도 쪽을 보니, 안드로이드의 시선이 텅 빈 복도를 향 해 있었다.

"자, 공지한 대로 1교시에 토론 수행 평가를 하고, 2교시에 여름 방학 과제 공지 후 하교할 거예요. 다들 패드는 잠깐 가방 에 넣읍시다."

선생님은 토론 주제를 칠판에 적었다. '유전자 변형 음식 섭취 제한법 찬반 토론.' 주제를 보는 순간 바로 입장을 결정했다. 나는 토론을 좋아한다. 그동안 얼마나 책을 많이 읽었는지 보여줄 수 있는 건, 지필고사보단 토론 쪽이었다.

"앞으로들 나와서 상자에 손을 넣어서 종이를 뽑을게요. 찬성은 왼쪽, 반대는 오른쪽입니다."

제일 먼저 앞으로 나갔다. 상자에 손을 넣어서 종이를 뽑은 후 터덜터덜 오른쪽으로 이동했다. 책상 배열을 바꾸는 동안에도, 토론이 본격적으로 시작된 이후에도 나는 침묵했다. 토론은 자발적으로 이루어졌기 때문에 발언하지 않으면 감점이었다. 나는 점수를 포기했다.

내신 상위권 학생들을 중심으로 토론이 활발하게 진행됐다.

"심각한 식량난을 생각해 볼 때 유전자 변형 음식 섭취는 선택이 아니라 필수입니다."

"식량난을 언급하는 건 너무 치사한데요?"

'치사하다'는 말에 학생 몇이 선생님 쪽을 보았다. 패드에 학생들의 참여와 논리를 점수로 적던 선생님이 그 정도는 인신공격이 아니라며 계속하라고 했다. 다시 토론이 이어졌다.

"좀 덜 먹으면 되잖아요. 식량난을 핑계로 무분별하게 유전자 변형 음식을 섭취하는 것은 위험합니다."

"뭐가 위험한데요? 근거는요?"

"실험 결과가 증명하잖아요. 성장 증폭제가 몸에 안 좋다고.

그 기사 못 봤어요? 유전자 변형 식품을 과다 섭취한 초등학생
들 사이에 성조숙증이 많대요."

"그거 가짜 뉴스인데?"

"지훈 군, 존칭어를 써주세요."

선생님이 한마디 보탰다. 토론은 성조숙증 기사가 가짜냐
진짜냐로 이어졌다. 몇몇이 패드를 꺼내고 싶어서 손가락을
꼼물거렸다. 기사를 확인하면 가짜 뉴스인지 아닌지 확실하게
밝혀질 거라고 말하는 학생도 있었지만, 선생님은 그 기사에
만 너무 집중하지 말고 다른 것도 생각해 보라며 고개를 가로
저었다.

성조숙증에서 다이어트로 이야기가 전개되다가 갑자기 유
전자 조작은 아무 문제가 없다는 식으로 급격하게 방향이 휘어
졌다. 목소리 큰 게 제일이라는 식으로 난상토론이 벌어졌다.

나는 고개를 숙인 채 생각에 빠졌다. 나는 어렸을 때 볼이
발그레했었다. 홍조는 유전자 조합 인간에게서 발견되지 않는
것들 중 하나였다. 출산 전 홍조 관련 인자를 다 제거하기 때문
이다. 나는 내 감정을 사람들이 아는 것도, 함부로 오해하는 것
도 싫었다. 엄마는 홍조가 없었다. 다행히 초등학교 입학 전 먹
은 약은 효과가 좋았고, 일 년 정도 치료하자 홍조는 거의 사라
졌다.

"인류는 할 말 없니?"

선생님이 콕 집어서 나를 지목했다. 토론에서 발언하지 않

은 건 나뿐이었다. 거울이 없어 확인할 순 없었지만 왠지 얼굴이 붉어지는 것만 같았다.

"없어요."

"반대로 선정된 게 마음에 들지 않는가 보구나. 그럼, 자유롭게 의견을 말해볼까. 인류는 이 주제에 대해 어떻게 생각하니?"

모두의 눈이 나에게 쏠렸다. 머릿속 깊은 곳에서 빨간불이 깜빡거렸다. 생각을 입 밖으로 꺼내서는 안 된다. 입이 벌어지기 전 멈춰야 한다. 하지만 나는 멈추지 않았다.

"유전자 조합은 사기예요. 자연의 법칙에 위배된 것이고요."

5

"이야, 멋있다!"

뒤쪽에 앉은 학생이 휘파람을 불며 비아냥거렸다. 다른 학생들도 책상을 두드렸다. '2의 저항'이라며 만세 하듯 두 손을 위로 든 학생도 있었다. 탄복한다는 의미였다.

장난처럼 넘기는 분위기 속에서 선생님은 엄격한 표정으로 날 보았다. 해림도 선생님처럼 나를 보았다. 나는 고개를 돌려 창문 너머 안드로이드를 보았다. 안드로이드는 텅 빈 복도를 보고 선 채 미동도 없었다.

모두 각자의 생각을 잘 표현했다는 칭찬과 함께 '유전자 변형 음식 섭취 제한법 찬반 토론'이 끝났다. 수행 평가 점수를 위한 토론이었으니 딱히 기대한 건 아니지만, 조금 허무했다. 누구도 1교시 사회 수행 평가 분위기를 엉망으로 만든 내 발언을 따지러 오지 않았다. 일부러 무시하는 걸까. 유전자에 민감하게 반응하는 자격지심이라고.

1교시 쉬는 시간에 해림이 휴대폰으로 전화를 했다.

"지금 데리러 올 수 있어? 응. 더 빨리 연락할 수 없었어. 수업 중이었으니까. 응."

책을 다시 꺼내 읽으려고 했지만, 해림이 통화하는 것 때문에 하나도 집중이 되지 않았다.

십 분은 금세 지나갔다. 2교시가 시작되고 선생님이 늦지 않게 들어왔다. 선생님은 방학 때 가정에서 지켜야 할 안전 수칙에 대해 읊었다. 책상에 앉은 학생들 몸이 배배 꼬였다.

"금방 끝내줄 테니까 조금만 기다려요. 이번 방학 숙제는 좀 특별해요."

몇몇이 방학 숙제에 관심을 보였다.

"또 자서전 쓰는 건 아니죠?"

"이번엔 가족 자서전 쓰는 거 맞죠? 색다른 형식으로 만들어도 돼요?"

선생님은 칠판에 필기했다. '자신의 채널에 꿈과 관련된 영상을 올려서 나를 드러내기.'

채널, 꿈, 영상. 이 세 가지가 가리키는 방향이 '나'라니. 유전자 조합으로도 완벽한 안드로이드를 이길 수 없을 것 같으니까, 까치발 들며 나 좀 보라고 광고하는 연습을 시키는 걸까. 주목을 받지 못하면 의미가 없는 세상이다.

꿈이라는 말도 너무 추상적이다. 미노체 샤피크 교수가 말했다.

'과거의 직업이 근육과 관계가 있었다면, 현재의 직업은 두뇌와 관계가 있다. 미래의 직업은 심장과 관계 있을 것이다.'

오래전 그가 말한 미래가 바로 오늘이다. 그는 틀렸다. 인간들의 모든 꿈은 심장이 뛰지 않는 것들에게 빼앗겼다. 로봇이 진출하지 않은 분야가 아직 남아 있던가.

반장이 패드로 학교 홈페이지에 접속해서 조금 전 업로드된 방학 숙제 공지를 클릭했다.

"영상은 십 분, 주제는 자유……. 쌤! 조회 수가 점수에 반영되나요?"

"조회 수, 댓글 모두 점수에 반영하지 않습니다."

"'나를 드러내기'라는 게 뭐죠? 자서전 영상 버전인가요?"

선생님은 칠판에 적은 것 중 '꿈'이라는 글자에 동그라미를 쳤다.

"꿈은 학기 초에 제출한 꿈과 달라도 상관없습니다. 노파심에 말하는데, 지나치게 선정적이거나 폭력적이라고 판단되면 감점으로 끝나지 않습니다. 전국 단위로 시행되는 숙제인 만큼 문제가 심각한 영상은 따로 징계 절차도 있을 거예요."

안전하게 방학을 잘 보내라는 덕담과 함께 방학식이 끝났다. 학생들이 나가기 시작하자 복도에서 대기 중이던 청소 로봇이 뒷문으로 들어왔다.

가방을 챙겨 나가려는데, 선생님이 잠깐 이야기 좀 하자며 상담실로 따로 불렀다. 수행 평가 때문일까. 내키지 않는 걸음으로 선생님을 뒤따랐다.

상담실에 들어서자마자 선생님은 환기를 위해 창문을 활짝 열며 말했다.

"선생님은 인류가 이번 방학 숙제를 꼭 제출했으면 좋겠어. 방학 숙제 점수가 30점이야. 중간, 기말 합친 지필이 40점이고. 수행이 20점. 태도 10점."

나도 알고 있었다. 왜 나를 수업 부진아 대하듯 하나하나 강조하는……. 나는 생각이 갈무리되지 않은 상태로 입을 열었다.

"제가 지필고사 꼴찌예요?"

"아무래도 상대 평가니까."

꼴찌라고 해도 유급은 되지 않을 것이다. 유전자 조합 인간이 아닌 학생들이 유급되지 않도록 특별히 신경 쓰니까. 사회적으로 학생들에 대한 차별은 엄격하게 금지되어 있었다. 그래서였다. 지필고사를 대충 본 건. 어차피 내가 시험을 못 봐도 날 유급시키지 않을 테니까. 근데 그거야말로 역차별 아닌가.

선생님은 패드를 조작하며 대화를 이어갔다.

"서울시에 특별 고등학교가 세워지는 거 들었니? 내년 중에 완공될 거야. 한번 봐."

선생님은 턱짓으로 내 패드를 가리켰다. 나는 메일함을 열었다. 학교 안내 자료를 슥슥 넘겼다. 특별고에 '건축과'가 있었다. 왼쪽에서 오른쪽으로 빠르게 움직이던 손이 멈췄다.

"이제까지의 고등학교와는 다를 거야. 대학교 교수님들도 한 달에 한 번씩 특강으로 오실 거라는 얘기도 있고. 물론 대형 프로젝트 같은 건 세계적인 교수님들과 함께할 거고."

"진짜요?"

"귀족 수업이 아니냐는 비판 때문에 지난 십 년간 발의되고 무산되기를 반복했지만, 이번에 전교생 장학금 시스템으로 개선하면서 통과했어. 전국에서 자신만의 꿈을 가진 학생들이 모두 여기 지원할 거야. 첫해라 경쟁률이 어마어마할 거고."

"입학 조건은요?"

"내신이 들어가. 수업 성실도는 모든 학교에서 가장 중요하게 여기는 가치니까."

그래서 이번 방학 숙제가 전국 단위로 시행되는 것이었다. 시간을 돌리고 싶었다. 기말 지필고사를 엉망으로 보고, 내 신념에 위배되는 거짓말은 못 하겠다고 자존심을 내세우며 조금 전 수행 평가까지 날려버렸다. 아까 1교시 때 선생님은 날 도와주고 싶어서 발언권을 주었는데.

"왜 절 도와주세요?"

"학생이니까."

특별 대우가 아니었다. 선생님은 모든 학생을 아꼈다.

"인류야, 너 이제 열다섯이야. 세상 다 산 얼굴로 지레 포기하지 말라고."

"안 그래요."

"그럼 올해 장래희망은 왜 공란으로 뒀어? 그것도 2의 저항이니?"

소위 '중2병'으로 알려져 있던 열다섯의 치기는, 몇 해 전 메가 히트 친 SF드라마에 나온 주인공 대사처럼 '2의 저항'으로 바뀌어 퍼져 있었다. 나는 눈을 바닥으로 내린 채 확연히 낮아진 목소리로 대답했다.

"제 꿈을 과시하는 게 꼭 하트헌터처럼 느껴져서요."

박 씨 아저씨에겐 꿈이 따로 있다고 해놓고 학교에서는 모든 게 관심 밖인 척했다. 내가 특별하다는 걸 증명하고 또 인정받고 싶지만, 안달 난 것처럼 보이고 싶진 않았다. 열정과 냉정 사이에서 아슬아슬 외줄타기를 하고 있었다.

선생님은 미소 지으며 조언했다.

"꿈을 과시해도 돼. 그게 네 꿈을 지켜줄 방법이면."

이번 방학 숙제는 특별했다. 세상에 나를 소개할 기회였다. 내 꿈으로 나를 말하는 것이다. 심장이 뛰었다.

6

어쩌면 볼이 조금 빨개졌는지도 모르겠다.

약을 안 먹은 지 오래됐으니까. 상관없었다. 맘 같아선 밤새 선생님을 붙잡고 물어보고 싶었다. 정원은 몇 명인지, 지역 단위로 학생을 뽑는지, 시험을 따로 준비해야 하는지, 알고 싶은 게 많았다. 끝을 잡은 온도계처럼 내 안의 열정이 빨간 줄을 따라 수직 상승하는 것 같았다.

하지만 선생님들은 방학 연수 준비로 바빴다. 다른 반 선생님이 아직 이야기 덜 끝났냐며 담임 선생님의 일정을 확인했다.

가방을 챙겨서 나가기 전 몸을 돌려 선생님에게 말했다.

"저는 2학기 때 안드로이드가 선생님으로 오는 거 반대예요. 투표권이 있으면 꼭 반대라고 투표할 거예요."

선생님은 놀란 얼굴로 나를 보았다. 그런 얘기는 이런 자리에서 꺼내기에는 너무 민감한 문제였을까. 사람들의 반응에 민감한 하트헌터들에 비해 난 소통 능력이 좀 떨어졌다. 변명하자면 열다섯이 될 동안 공장, 집, 산책로, 학교가 내 생활 반경의 전부였다. 내 가장 친한 친구는 이글비였고 할아버지는 과묵했다.

잠시 후 선생님이 환하게 웃으며 말했다.

"그거 가짜 뉴스야. 투표할 일 없을 테니 걱정하지 마. 기존 보조 쌤들은 2학기 때 복귀하겠지만. 방학 잘 보내라."

"저 숙제 진짜 열심히 해올게요. 기대하셔도 좋아요."

너무 흥분해서 평소의 나답지 않았다. 선생님은 씨익 웃으며 창문을 닫았다.

빨리 집에 가고 싶었다. 채널부터 만들어야 하나? 영상 찍을 때 휴대폰 카메라로 충분할까. 생각의 속도만큼 걸음도 빨라졌다. 뛰듯이 계단을 내려왔다. 숨 고르듯 1층 로비에 쭈그리고 앉아 운동화 끈을 단단히 매는데, 머리 위로 그림자가 불쑥 다가왔다. 해림이었다.

"아까 왜 내가 안드로이드 이름을 '인류'로 지을 거라고 생각한 거야?"

그걸 물으려고 이제껏 나를 기다린 걸까. 나는 그렇게 생각한 적 없다고 발 빼지 않았다. 충분히 오해할 만한 상황이었으니까.

"너는 지나치게 나를 신경 쓰니까."

팩트 공격은 언제나 효과적이다. 해림은 아랫입술을 지그시 깨물었다가 열었다.

"귀찮아?"

"지나쳐."

해림이 얼굴을 찡그렸다. 그냥 지나쳐 가라는 건지, 신경 쓰는 게 너무 지나치다는 건지 생각하는 것이다. 해림은 얼굴에 표정이 다 드러났다.

"네가 어리다고 봐줄 거라고 생각하지 마. 너도 똑같아."

다시는 들러붙지 못하게 하려고 야멸치게 박은 뒤 돌아섰다. 다른 동급생들 앞에서는 대충 웃어줄 수 있는 일도 이 녀석 앞에서만은 정색하고 화부터 내게 된다. 변명하자면, 나에게는 그럴 만한 이유가 있다.

"해림아! 여기!"

조금 떨어진 정문에서 해림을 부르는 남자 목소리가 들렸다. 해림과 안드로이드를 태우러 차를 몰고 온 것이다. 여기까지 직접. 일이 복잡해지기 전에 후문 쪽으로 뛰었다. 뒤돌아보면 불기둥이 하늘에서 떨어지고 내 몸이 소금으로 변할 것처럼 무조건 앞만 보고 내달렸다.

정신없이 뛰다 보니 고철 공장까지 오고 말았다. 집으로 가려면 십 분 더 걸어야 했다. 물을 한 잔 마실 요량으로 휴게실로 향했다. 땀 때문에 등에 셔츠가 쩍 달라붙어 있었다. 얼음물을 단숨에 들이켜고, 선풍기를 틀어 티셔츠 안으로 바람을 넣었다.

땀을 좀 식히자 소음이 귀로 파고들었다. 책상 위를 보니, 할아버지가 보청기를 빼놓은 게 눈에 들어왔다. 용돈을 모아서 최신형 보청기로 선물했지만 이물감 때문에 불편하다며 툭하면 빼놓고 일했다.

"로봇이요! 어디 갔냐고요!"

바깥이 소란스러웠다. 나가 보니, 공장 마당에 신고 센터 직원이 서 있었다. 박 씨 아저씨는 겁먹은 얼굴로 자신은 모른다며 손사래를 쳤고, 고 씨 아저씨가 공장 안쪽으로 들어가 할아버지를 모시고 마당으로 나왔다. 나는 할아버지에게 보청기를 건넸다.

할아버지는 보청기를 끼고 신고 센터 직원을 향해 물었다.

"무슨 일이십니까?"

"어제 로봇 폐기물이 들어왔다고 신고하셔서 왔는데, 말씀하신 창고에 없어요."

그럴 리가 없다며 김 씨 아저씨가 큰 걸음으로 걸어서 창고로 갔다. 신고 센터 직원의 말대로 토막 난 로봇 몸체가 흔적도 없이 사라졌다. 하나도 남김없이.

"신고한 분이 누굽니까?"

"전데요."

나는 할아버지와의 관계를 밝히고 최초 발견 시간과 처리 과정 등을 설명했다. 할아버지와 공장 아저씨들이 모두 내 입만 보았다. 다들 나만 믿는 눈치였다. 신고 센터 직원은 난감하다는 표정으로 창고를 둘러보다가 위쪽에 난 창문을 가리켰다.

"저 창문은 안 잠겨 있네요? 도둑 든 거 아니에요?"

모두의 눈이 창고 창문 쪽으로 돌아갔다. 환기 때문에 만들어진 창이라 성인 남자가 통과하기엔 협소했다. 고 씨 아저씨가 고개를 갸웃했다.

"설마요. 그리고 그걸 훔쳐서 뭘 어쩌게요."

"요즘 다른 공장에서도 이런 일이 종종 있어요. 신고받고 나가보면 로봇 폐기물이 없는 거죠. 소재가 좀 남다르다 보니까 해외로 빼돌려 판다는 말도 있고."

로봇 몸체는 기종과 보관 상태에 따라 다르지만, 일반 고철보다는 훨씬 더 비싼 값에 팔렸다. 그래서 정부에서도 신고 센터를 운영해서 적극적으로 수거했다.

신고 센터 직원은 패드에 상황을 입력하고 할아버지 서명을 받은 뒤 덧붙였다. 어쨌거나 이번 일이 벌점 기록으로 남게 됐으니 앞으로 일감을 받을 때 불리할 수 있다고.

"이제껏 공장으로 들어온 로봇을 처리하면서 한 번도 이런 일이 없었는데요?"

나는 억울하다고 항변했지만 신고 센터 직원은 법이 원래 그렇다며 차를 탔다. 다음부턴 주의해 달라며 신고 센터 직원은 들러야 할 공장 주소를 네비게이션에 누르고 출발했다. 차가 멀어지면서 남긴 뿌연 먼지를 맡는 건 고약스러웠다.

"어제 마지막으로 창고 문을 잠근 게 누구야? 박 씨야?"

김 씨 아저씨가 속상한 마음에 날선 어조로 물었다. 박 씨 아저씨는 아니라고 손사래를 쳤다.

"저예요."

내가 대답하자 일순 분위기가 착 가라앉았다. 할아버지가 나서서 한마디 했다.

"마지막으로 제가 자물쇠를 한 번 더 확인했습니다."

무거운 침묵 속에서 다시 공장이 돌아가기 시작했다. 아저씨들은 각자의 자리로 돌아갔지만 나는 집에 가지 않았다. 창고 주변 발자국을 샅샅이 훑어보았지만, 어젯밤 비가 내려서 발자국을 특정하기 어려웠다. 하릴없이 가방을 메고 집으로 돌아갔다.

이번 일이 기록에 남는다니. 할당량이 줄어들면 공장은 어떻게 되는 걸까. 그깟 파기된 로봇 때문에 왜 공장이 손해를 봐야 하지? 신고 센터에선 토막 로봇을 불법 폐기물로 처리한 범인은 잡을 생각도 없으면서.

"어제 바로 수거하러 왔으면 이런 일도 없었을 텐데."

아까는 너무 당황해서 따지지 못했다. 모든 게 그 자리에서 바로 말하지 못한 내 탓 같았다.

7

용돈을 털어 인터넷으로 CCTV를 주문했다.

패드를 연 김에 학교 홈페이지에 들어가 보니, 벌써 자신의 채널에 영상을 올린 학생도 있었다. 늘어졌던 척추가 곧게 세워졌다. 이번 방학 숙제는 전국 모든 학생이 참여하는 거라고 했으니 다른 학교에도 벌써 올라오지 않았을까. 주변 학교들을 검색해서 홈페이지에 들어갔다. 이번 주 초에 방학한 인근 학교 학생 중에 스페인으로 여행 간 녀석이 있었다.

클릭 속도가 다급해졌다. 채널명부터 '가우디스피릿'이었다. 스페인에 남은 가우디 건축물을 하나씩 방문하면서 자신의 꿈을 소개하겠다고 포부를 밝힌 영상이었다. 삼 분짜리 영상 조회 수가 2만에 가까웠다. 전문가에게 편집을 맡겼는지 자막부터 구도 등에 프로의 냄새가 진했다.

패드를 침대로 던지고 드러누웠다. 내가 생각한 영상을 올리면 가우디스피릿을 따라 했다고 보진 않을까. 가우디 어쩌고 하는 순간 아류작으로 낙인찍힐 것 같았다. 채널명부터 모든 걸 다시 정해야 한다.

밤새 고민하다 잠이 들었고, 아침에 일어나 보니 택배가 도착해 있었다. 휴일이라 할아버지가 오랜만에 늦잠을 자고 있었다. 나는 혼자서 공장으로 갔다. 동영상을 검색해서 창고 위, 공장 뒤쪽으로 CCTV를 설치했다. 전송 화면을 내 휴대폰에 뜨도록 연결했다. 창고 쪽에 움직임이 있을 때마다 진동이 오게 설정해 두었다. 현장 검거가 중요하니까.

집으로 오는 사이 길가에 버려진 목재를 몇 개 주웠다. 대도시에서는 불법 폐기물 단속이 엄격한 편이었지만 도시 외곽으로 갈수록 CCTV가 없는 곳이 많아서 이런 것들을 쉽게 구할 수 있었다. 집에 도착하자마자 길이를 재고 톱질부터 했다. 나무를 안 만진 지 반년이 넘어서 걱정이 앞섰지만 하다 보니 손의 감각이 살아났다. 몇 시간 후 의자 등판이 완성되었다.

할아버지는 아침에 일어날 때마다 끄응 소리를 삼켰다. 허리 통증 약은 내성이 생겼는지 효과가 없었다. 그래서 할아버지에게 드릴 의자를 만드는데, 갑자기 진동이 울렸다. 다급하게 휴대폰 화면을 보니 미리 보기로 글자들이 떠 있었다.

- 인류야. 잘 지내니? 가끔 네 소식을…….

저장되지 않은 번호였지만 누군지 알았다. 문자를 클릭하지 않았다. 누르면 마음이 약해질 것 같았다. 엄지를 왼쪽으로 밀어서 읽지 않고 지워버렸다. 잔상처럼 단어들이 둥둥 떠다녔다.
혹시라도 충동적으로 연락하게 될까 봐 휴대폰을 서랍에 넣어버렸다. 변명할 기회를 주고 싶지 않았다. 이해할 빌미를 주고 싶지 않았다. 내가 할 수 있는 방법이라곤 애써 무시하는 것뿐이었다. 비겁해도 그게 나를 보호하는 유일한 방법이었다.
며칠 후 밤새 채널명을 고민하다가 서랍에서 휴대폰을 꺼냈다. 채널 비밀번호를 바꾸려면 인증이 필요했기 때문이다. 전원을 누르자마자 진동이 울렸다.
창고 CCTV 알람이었다. 새벽 네 시라 작은 창문으로 들어오는 달빛이 전부여서 창고는 어두웠다. 흐릿하지만 그림자는 키가 작았다. 혹시 아랫동네 꼬마일까.
고물상을 찾듯이 공장으로 와서 쓸 만한 물건이 없냐며 찾는 사람들이 있었다. 헐값에 팔라고 사정하면서. 생활 가전을 처리하는 곳이 아니라고 설명해도 잊을 만하면 꼭 찾아오곤 했다.

일 년 전엔 아랫동네 남자가 공장에 적재된 철판을 자신의 것이라고 우기며 가져가려고 해서 경찰을 부르고 난리 난 적이 있었다. 나중에 알고 보니, 지붕에 비가 새는 구멍을 막으려고 철판을 가져가려던 것이었다. 그는 몰랐겠지만, 그 철판은 고강도로 만들어진 것이라 값이 꽤 나가는 것이었다. 이번엔 어린애한테 도둑질을 시킨 걸까.

"너무하네, 진짜."

귀가 밝은 이글비에게 조용히 하라고 손짓한 뒤 자전거를 들고 밖으로 나갔다. 일이 커지기 전에 내 선에서 처리할 생각으로 공장으로 향했다.

공장 뒤쪽에 자전거를 세웠다. 휴대폰 화면을 보니 녀석은 창고에서 어슬렁거리고 있었다. 무음으로 바꾼 뒤 휴대폰을 바지 주머니에 넣고, 공장 뒤쪽으로 들어갔다.

그때 창고 창문으로 나오던 녀석과 눈이 딱 마주쳤다. 녀석은 배가 걸린 채 창문을 통과하던 중이었고 나는 아슬아슬 매달린 녀석을 쳐다보고 있었다. 잠시 후 녀석이 먼저 움직였다. 밑으로 떨어졌는지 창고 안에서 우당탕탕 소리가 났다.

창고 문으로 달려갔다. 안쪽에서 다다다 움직이는 발소리가 들렸다. 자물쇠에 열쇠를 꽂으려 했지만 자꾸 손이 미끄러졌다. 안쪽에서 우당탕 소리가 또 났다. 급하게 창문 쪽으로 올라가려다가 발이 미끄러진 것 같았다. 세 번의 시도 만에 겨우 문을 열었다.

등 뒤로 서서히 해가 밝아오고 있었다. 창고 가운데 선 녀석은 우왕좌왕하며 어찌할 바를 몰랐다. 왼쪽 오른쪽으로 돌아가는 머리의 움직임에서 다급한 속내가 전해졌다.

나는 한 손바닥을 앞으로 내밀었다. 공룡이 나오는 고전 명화에서 조련사가 맹수를 진정시키기 위해 쓰는 몸짓이었다. 이건 아니다 싶었지만, 달리 방법을 몰랐다.

"나랑 얘기 좀 해."

생각을 갈무리하지도 않은 채 뱉었다. 녀석이 고개를 한쪽으로 기울였다. 그 동작이 이글비 같아서 순간 숨이 막혔다. 로봇을 처음 본 게 아닌데도 긴장되었다. 생각해 보니, 난 이렇게 작은 로봇을 본 적이 없었다. 다섯 살 먹은 어린아이처럼 로봇의 몸집이 작았다.

"네가 로봇 도둑 맞지? 훔쳐간 로봇 어쨌어?"

확신에 차서 냅다 날린 질문이었다. 팔았냐, 얼마 받았냐, 누가 시킨 거냐 연이어 그물 같은 질문으로 공격하려는데, 로봇이 순순히 대답했다.

"땅에 묻어줬어."

로봇은 눈만 보이고 입이 없었다. 사람이라면 코와 입이 있어야 할 부분이 우산을 엎어 놓은 것 같은 철제 마스크 모양으로 가려져 있었다. 그래서 말을 할 때 온몸이 울려서 소리가 나는 것 같았다. 목소리는 아이에 가까웠다. 성별을 구분하자면 남자 쪽이었고.

"로봇이 여기 있는지는 어떻게 알았어?"

"……."

하고 싶은 말만 하겠다는 건가. 나는 성큼성큼 걸어가 로봇의 팔을 잡았다. 로봇은 놀란 눈이었지만 거부하지 않았다. 잠시 몸을 움찔했을 뿐.

나는 녀석의 손목을 뒤집었다. 팔다리가 있는 로봇들은 손목 안쪽에 일련번호가 새겨져 있으니까. 그런데 일련번호가 지워져 있었다. 라이터 불로 지진 것 같은 조잡한 흔적이 남아 있었다. 로봇은 결코 자신의 일련번호를 스스로 지울 수 없었다. 역시, 뒤에 누가 있었다.

"누가 이랬어?"

"……."

입구 쪽에서 육중한 철제문이 열리는 소리가 났다. 할아버지가 출근한 것이다. 할아버지는 확인 즉시 신고 센터에 넘길 텐데 아직 알아낸 것이 아무것도 없었다. 녹음도 안 해놨는데 이 녀석이 침묵을 선택하면 도둑이라는 걸 밝힐 수 없었다. 증거가 없으니 사유지에 불법 침입한 정신 나간 로봇으로 취급받겠지.

급한 마음에 녀석을 냅다 들고 뛰었다. 팔다리를 버둥거리며 저항할 거라고 생각했는데 뭐 이렇게 얌전하지? 이상하단 생각이 잠깐 들었지만, 길게 생각할 시간이 없었다.

로봇을 팔에 끼고 뒤쪽 길로 달렸다. 한참을 돌아 자전거 뒷

자리 박스에 대충 태웠다. 명절 때 아저씨들에게 줄 선물을 실으려고 달아놓은 플라스틱 사각 박스가 자전거 뒤쪽에 달려 있었다. 공장 아저씨들이 이용하지 않는 길로 자전거를 타고 달렸다.

갈 만한 곳이 없어서 일단 집으로 왔다. 온몸은 땀에 절었고 다리는 휘청였다. 아까는 흥분해서 몰랐는데 녀석은 엄청나게 무거웠다. 생긴 것부터 구형 로봇 같긴 했지만, 무게를 줄이려는 노력은 전혀 하지 않은 건가.

자전거에서 녀석을 들어 바닥에 내리자 이글비가 다가와 코를 킁킁댔다. 뒤이어 귀가 울릴 정도로 크게 컹컹 짖었다.

"맞아. 얘가 로봇 도둑이야."

나는 티셔츠 아래를 쭉 빼서 땀을 닦았다. 이글비는 몸을 낮추고 계속 짖었고 로봇은 꼼짝 않고 서 있었다. 설마, 로봇이 겁먹은 건 아니겠지? 위험 감지 프로토콜이 발동된 건가?

"이글비, 그만해. 그만!"

몇 번을 더 말한 후에야 이글비는 짖는 것을 멈추었다. 더 짖어주고 싶은 듯 턱이 미세하게 떨렸다. 나는 이글비의 귀 뒤를 긁어주며 차분하게 말했다.

"도둑 아니야. 아니니까 그만 짖어."

이글비는 나와 로봇을 번갈아 본 뒤 마당에 배를 깔고 누워버렸다. 로봇이 내 쪽을 보았다. 이제 움직여도 되냐고 묻는 것 같았다. 굳이 말을 하지 않아도 렌즈 역할을 하는 눈을 둘러싼

차양과 조리개 움직임만으로도 수많은 말을 하는 것 같았다.

나는 평상에 삐딱하게 걸터앉으며 물었다.

"너 몇 살이야?"

로봇이 평상 쪽으로 걸어와 옆에 앉으며 대답했다.

"아마, 일곱 살?"

8

"몇 년도에 출시된 로봇이냐고. 꼭 고대 유물처럼 생겼는데."

"……."

아무래도 녀석의 센서엔 비아냥엔 대답하지 말라는 명령어가 입력된 것 같았다. 지나치게 튼튼해 보이는 팔다리를 보니 보급용 같지는 않다는 생각이 들었다. 모든 로봇에 팔다리가 있는 것은 아니었다. 로봇의 외관은 필요성의 유무에 따라 다 다르게 만들었다. 최근에는 안드로이드가 개발되면서 그 필요성이란 것도 잘 모르겠지만.

외관과 재질 등을 고려했을 때 오래전에 만들어진 공업용 로봇 같았다.

"너 공업용이야? 가정용은 절대 아닌 것 같은데."

"넌 어떤 용인데?"

"네 입으로는 말해주기 싫다 이거지?"

찰칵. 휴대폰으로 녀석의 사진을 찍어 그 즉시 검색했다. 그런데 인터넷에 뜨는 자료가 없었다. 녀석도 궁금했는지 목을 쭉 빼고 내가 하는 양을 지켜보았다. 나는 혼잣말처럼 물었다.

"설마, 군사용?"

"설마!"

로봇은 뜨악한 눈빛으로 나를 보며 몸을 뒤로 뺐다. 이게 문제였다. 이 녀석은 아까부터 나와 '티키타카'를 하고 있었다. 도둑 로봇 주제에. 나는 몸을 앞으로 굽혀 팔꿈치를 허벅지에 붙이며 목소리를 깔았다. 고전 영화 속 대부처럼 보이길 바라며.

"너, 내가 이제껏 로봇을 몇 개나 '처리'했는지 알아?"

"'처리'가 뭐야?"

아, 이렇게 되면 갑자기 장르가 아동용으로 바뀌는데. 나는 아랫입술을 꽉 깨물었다가 떼고 또박또박 말했다.

"처리가 뭔지도 모르면서 겁 없이 창고에서 로봇을 빼간 거야? 내가 누군지도 모르면서 여길 막 따라오고?"

"네가 말한 처리가 뭔지 모르지만 네가 누군지는 알아. 막 따라온 거 아니야. 그동안 고민 많이 했어."

로봇은 내가 그 말을 곱씹을 시간을 주지 않았다. 로봇이 바짝 다가와 물었다.

"네가 말한 처리가 뭐야? 말해줘. 솔직하게."

'처리'에 대한 온갖 상상과 두려움이 엉켜버린 건지 로봇의 목소리가 떨리고 있었다. 떨리는 목소리와 바짝 다가온 행동의 모순은 이상하게도 용기처럼 보였다.

"공장에서 파기된 로봇을 발견 즉시 센터에 신고했어."

로봇에 손톱만큼의 애정도 없다는 걸 덧붙이려다가 사족 같아서 그 말은 삼켰다. 그게 실수였다. 로봇의 눈이 반달처럼 휘어지며 가늘어졌다. 로봇은 평상에서 폴짝 뛰었다. 몸을 왼쪽 오른쪽 흔들흔들 움직이며 마당 곳곳을 둘러보았다.

"여기가 집이야?"

"그럼 창고겠어?"

뻔뻔한 녀석이다. 도둑으로 현장에서 붙잡혀 온 주제에 한가롭게 집 구경이나 하다니. 심문해야 할 쪽은 나인데. 갑을이 바뀐 상황이 몹시 불편했다.

로봇이 고개를 옆으로 갸웃하고 구석에 놓인 의자로 다가갔다. 나는 다급히 소리쳤다.

"그거 만지지……."

로봇이 의자에 폴짝 앉았다. 기분이 좋은지 두 다리를 앞뒤로 왔다 갔다 하며 몸을 좌우로 흔들었다. 나는 뚜벅뚜벅 걸어가 낮게 일침했다.

"비켜."

"내가 뭘 잘못했어?"

"비키라고."

로봇은 주섬주섬 의자에서 내려왔다. 스프레이로 뿌려놓은 색이 로봇이 앉은 자리를 중심으로 얼룩져 버렸다. 일기 예보에 당분간 비 소식이 없어서 바짝 말린다고 마당에 내놓은 게 실수였다. 애초에 저 녀석을 집으로 데려온 게 문제였다.

"미안해. 다 마른 줄 알았어."

"상관없어. 버릴 거야."

"왜? 잘 만들었는데. 얼룩져서?"

"얼룩은 문제가 아니야. 네가 방금 앉았잖아."

로봇은 의자와 나를 번갈아 보았다. 이해하지 못하는 것 같았다. 그래서 덧붙였다.

"난 로봇이 싫어. 유전자 조합 인간만큼."

로봇의 눈 양 끝이 축 처졌지만 상관없었다. 나의 세계관에서 로봇은 처리 대상일 뿐이었다.

"로봇이 왜 싫어?"

아저씨들은 온종일 공장에서 일하면서 땀을 한 바가지 쏟는다. 땀은 정직하지만, 세상은 그것을 중요하게 여기지 않는다. 로봇은 땀을 흘리지 않는다. 그런데도 위험하고 더럽고 어려운 일을 훨씬 더 잘 해낸다. 모두가 일꾼으로 로봇을 원한다.

아저씨들은 공장을 이어갈 후계자가 누가 될 것인지 기대하지만 공장은 오래 버티지 못할 것이다. 다른 모든 공장이 전자동화 시스템으로 바뀌고 있다. 초기 자본만 감당하면 그 후부터는 비교도 안 되게 효율적이니까. 우리 공장은 은행 빚으로 간신히 굴러가고 있었다. 피 같은 땀으로 매일매일 구멍을 메꾸고 있었다.

로봇이 싫은 이유 백만 개 중 딱 한 가지만 말했다.

"로봇은 노력하지 않으니까. 땀 흘리지 않아."

"……날 신고할 거야?"

"훔쳐간 물건 찾으면."

"신고 말고 다른 방법은 없어?"

"없어."

한참 후 바닥만 보던 로봇이 불쑥 나를 올려다보며 '지금 출발하자'고 또박또박 말했다.

"훔친 로봇이 있는 곳으로 직접 안내하겠다고? 왜?"

"가서 눈으로 직접 확인하고 싶지 않아? 내가 말하면 다 믿을 거야?"

잠깐 고민했지만, 어차피 답은 나와 있었다. 내가 이글비의 몸에 줄을 채우는 사이 로봇이 평상에 널브러져 있던 내 후드 집업을 입었다. 헐렁한 후드 집업이 로봇의 무릎까지 내려왔다. 가까이서 보지 않으면 꼬맹이 같아 보일 것 같았다. 지구에 불시착한 외계인도 아니고 왜 굳이 제 몸을 가리는지 그 의도를 알 수 없었다.

내가 빤히 쳐다보자 로봇이 조리개 눈 위의 차양을 들어 올리고 물었다.

"아, 맞다. 이거……."

"버릴 거야."

그 후드 집업은 오 년 넘게 입었던 것이다. 그동안 보풀이

심해진 것까지는 참아보려고 했는데, 결정적으로 얼마 전에 지퍼가 고장났다. 나는 고개를 돌려 이글비만 보았다. 가슴 줄이 곧 산책이라는 것을 아는 이글비가 꼬리를 크게 흔들며 나만 바라보았다.

"그 개도 같이 갈 거야?"

"이글비야. '그 개'가 아니라."

"난 미래야."

어쩌라고? 이렇게 받아치고 싶었다. '로봇이 미래다'라는 어느 대기업의 캐치프레이즈가 떠올라서 반감이 툭 불거졌다. 그런데 맥락이 좀 이상했다. 설마 자기소개?

"이름이 있어?"

"엄마가 지어줬어."

소유주? 아니면 은어인가? 로봇 쪽은 문외한이라 그쪽 은어 따위는 몰랐다. 별로 알고 싶지도 않았고. 나는 이 로봇과 함께 움직이는 목적만 되새겼다. 점심 전엔 이 녀석을 '처리'할 생각이다. 그러려면 증거물을 먼저 찾아야 한다.

"앞장서."

9

이글비와 나는 조금 떨어져서 로봇을 뒤따랐다.

로봇은 근방의 길을 나보다 더 잘 아는 것 같았다. 사람들이

다니지 않는 외진 길로만 가서 마주치는 사람은 없었다. 로봇은 지퍼가 고장 난 옷깃을 여미며 제 정체를 감추고 싶어 했다.

멀리서 술병을 쥔 남자가 느릿느릿 걸어오는 게 보였다. 아 랫동네 사람 같았다. 마주치면 괜한 시비에 말려들까 봐 자연 스럽게 이글비를 쥔 끈을 돌렸다. 그런데 뒤따르는 발소리가 없었다. 돌아보니, 로봇이 어깨를 움츠리고 움직이지 않았다.

로봇이 중얼거리기 시작했다. 너무 작아서 잘 들리지 않았 다. 씨 어쩌고 하는 말이 얼핏 들렸다. 분위기가 심상치 않자 이글비가 낮게 으르렁거렸다. 술 취한 남자는 그 소리를 듣지 못했는지 뭉개진 발음으로 노래를 흥얼거리며 멀어져 갔다. 주정뱅이가 사라진 후에야 로봇은 중얼거리던 것을 멈췄다.

"뭐라고 중얼거린 거야?"

"……."

"말하지 않으면 바로 널 센터에 보낼 거야. 인간을 저주하는 로봇과 함께 있고 싶지 않아."

"저주 아니야."

"그럼 뭔데? '씨' 어쩌고 하던데. '냄새'도 들은 것 같고."

"비타민 씨. 초록색. 조물조물. 냄새."

스무고개 수수께끼처럼 무슨 말인지 알 수 없었다. 한가하 게 놀이 같은 거 할 생각 없으니 제대로 설명하라고 눈빛으로 전했다. 로봇이 말했다.

"귤."

비타민 씨가 풍부하고, 조물조물 만지면 달아지고, 냄새가 상큼하게 코를 쏘니까 귤이 정답 같긴 했다. 하지만 한 가지에서 물러설 수 없었다.

"귤은 주황색이야."

"에틸렌 가스를 뿌려 강제로 착색한 것들은 주황색이야. 초록빛 나는 감귤을 골라야 해."

"엄마가 말했어?"

로봇은 고개를 끄덕였다. 로봇의 엄마는 귤을 좋아한다. 아까 술에 취한 남자를 보고 가늘게 떨리던 몸. 이 로봇은 무서울 때 귤에 대한 정보를 읊는다. 근데 그게 어떻게 방패가 될 수 있지?

"머릿속으로 해. 굳이 입으로 소리 내지 말고."

"좋아하는 건 소리 내서 말해야 해. 그래야 효과가 있다고 엄마가 그랬어."

부지런히 걸어서 도착한 곳은 근처 야산이었다. 로봇은 곧게 뻗은 소나무 아래를 가리켰다. 로봇이 가리킨 곳만 흙이 좀 달랐다. 얼마 전 새로 덮은 것처럼 흙이 손으로도 쉽게 떠졌다. 진짜 묻었을 줄은 몰랐는데, 삽을 가져왔어야 한다는 후회가 뒤늦게 들었다.

지난 태풍으로 떨어진 굵은 나뭇가지를 골라 삽처럼 땅에 푹 찔렀다. 다지는 작업이 없어서 나뭇가지가 흙더미 사이로 쑥 들어갔다. 서너 번 쑤신 끝에 뭔가에 턱 걸렸다.

나뭇가지로 땅을 팠다. 내가 흙장난을 치는 줄 오해한 이글비가 옆에서 앞발로 흙을 신나게 팠다. 로봇 역시 한쪽에 떨어져서 흙을 팠다.

"그쪽에서 뭐 하는 거야?"

"여기도 묻혀 있어."

내가 선 곳에서 로봇이 있는 곳까지 거리를 가늠해 보았다. 2미터쯤 되어 보였다. 훔친 로봇을 똑바로 눕히고 묻어준 것이다. 셋이 달려들자 얼마 지나지 않아 로봇 토막이 드러났다. 휴대폰을 꺼내서 빨리 찍어야 하는데, 센터에 문자를 보내야 하는데, 손이 움직여지지 않았다.

"왜 묻어준 거야?"

"재활용되지 말라고. 깨어 있는 동안 충분히 아팠을 테니까."

그 자리에 쪼그리고 앉아 토막 난 로봇을 보았다. 로봇이 날 여기로 데려와 정성껏 묻은 로봇 토막을 보여준 이유가 뭘까. 그게 뭐든 분명 목적이 있을 것이다.

"이제 말해. 네가 누군지."

로봇은 내 옆으로 옮겨 와 쪼그리고 앉아 말했다.

"나는 베스트프렌드사에서 출시된 로봇이야."

대도시가 과밀화되면서 교통 문제는 날로 심각해졌다. 꽉 막힌 지상 도로 문제를 해결할 방법은 두 가지였다. 위에서 날거나 아래에서 달리거나. 사람들은 기술력의 한계와 하늘 위를 수많은 차가 날아다닐 때의 사고 위험성 때문에 후자를 택했다.

지상 위 도로를 달리던 차가 갓길에 설치된 블루라인에 가서 차를 세우면, 지하로 내려가 전기 썰매 위에 올라간다. 초고속 자율 주행으로 목적지까지 달리는 것이다. 도착하면 다시 지상의 블루라인 위로 올려보내는 시스템이다. 최대 속도 250킬로미터. 두 시간 거리를 오 분 이내로 단축할 수 있었다. 순간이동의 현실화라며 모두 기대에 들떴었다.

서울시의 승인이 떨어지자마자 초고속 지하 터널 공사가 시작되었다. 그런데 시범적으로 강남구 아래 지하 터널을 뚫었을 때 문제가 생겼다. 싱크홀처럼 몇몇 지반이 붕괴한 것이다. 그 아래에서 일하던 공사 인부들이 죽는 참사가 벌어졌고 그 즉시 공사가 중단되었다.

터널 굴착 공사가 재개된 것은 베스트프렌드사가 서울시와 계약하면서부터였다. 크고 작은 로봇들이 만들어졌다. 로봇은 대도시 지하 터널 작업 공사를 위해 특별 제작된 모델이었다.

"네가 서울시 지하 터널 공사 때 만들어진 로봇이라고? 하지만 그 공사가 완공된 건 지금으로부터……. 말도 안 돼."

"거기에 나도 있었어."

공사는 성공적이었다. 베스트프렌드사는 단숨에 거대 기업으로 성장했다. 그들은 기존의 공업용 로봇 회사라는 이미지를 지우고 안드로이드 개발에 착수했다. 그들은 금기에 도전

했다. 아이 안드로이드를 만드는 것이었다. 그래서 작게 만들어진 로봇들부터 처리했다.

공장 직원들이 무단으로 버린 소형 로봇들이 언론에 노출되면서 사람들이 공분했다. 로봇 보호가들을 중심으로 베스트프렌드사를 상대로 소송까지 불사하겠다는 강경 대응이 이어졌다. 결국 처리 대기 중이던 소형 로봇 세 대를 입양 공고 후 무료 분양하겠다고 밝혔다.

"그때 엄마를 만났어."

처음에 그녀의 남편은 로봇을 데려오는 것을 반대했다. 개를 키우자고 했지만, 그녀는 나의 마지막 강아지는 푸리로 끝났다며 강하게 반대했다. 부부는 오랫동안 아이를 원했으나 시술로도 되지 않았고, 더는 돈을 감당할 여력도 없었다. 버려지는 개와 로봇 중에서 로봇을 택했다. 로봇은 개처럼 아프게 죽지 않는다는 게 그 이유였다. 입양 심사에 적어낸 동기에 그렇게 적혀 있었다. 로봇은 부부에게 입양되었다.

"엄마는 날 사랑해 줬어. 우리는 행복했어."

과거형으로 끝나는 게 왠지 불안했다. 로봇이 바닥을 보며 말을 이었다.

"몇 달 뒤에 엄마가 날 구하려다가 사고가 났어."

10

"슈퍼에 가던 길이었어."

그녀는 로봇과 함께 건널목을 건너고 있었다. 마주 오던 차는 자율 주행 중이었고, 운전자는 숙취로 자고 있었다. 운전자는 차에 결함이 있다는 걸 며칠 전부터 알고 있었지만, 차일피일 점검을 미루다가 사고가 터졌다.

인도에는 건널목을 사이에 두고 왼쪽에 세 명, 오른쪽에 한 명이 있었다. 건널목에는 여자와 로봇이 걷고 있었다. 멈출 수 없는 브레이크, 차가 달리는 속도와 보행자의 걷는 속도를 계산해 볼 때 빨리 따라오라며 종종 걷는 여자 뒤로 따라가는 로봇이 차에 치일 확률은 90퍼센트였다. 차는 직진했다.

로봇이 이야기하는 동안 나는 1학년 토론 수업 때 배운 트롤리 딜레마가 떠올랐다. 달리는 기차의 선로를 변경해 한 명을 죽게 하는 대신 여러 사람을 구할 것이냐 아니면 그대로 둬서 한 사람을 살릴 것이냐는 문제였다. 여러 사람을 구하는 것이 옳다는 벤담의 공리주의와 죽음에 직접적으로 개입해 한 명을 희생해서는 안 된다는 칸트의 의무주의의 딜레마였다.

토론은 쉽게 끝나지 않았다. 사람의 수가 극단적으로 더 차이 난다면, 사람이 아니라 동물이었다면, 노인과 청년이었다면 달라질까. 오래된 난제를 우리의 현실 속 자율 주행으로 끌고 오면 어떻게 될까. 1학년 때 그 문제를 가지고 한 학기 내내 씨름해야 했다.

자율 주행 차는 알고리즘에 따라 로봇을 희생자로 선택했다. 피해를 최소화하는 방법이라고 판단한 것이다. 하지만 현실에는 변수가 있었다. 여자는 로봇을 구하려고 달려왔고 순식간에 로봇 대신 차에 치였다. 여자는 다쳤지만, 생명에는 지장이 없었다.

나는 가슴을 쓸어내렸다. 아까부터 이야기가 여자의 죽음으로 끝날까 봐 긴장해서 주먹을 꽉 쥐고 있었다. 그런데 왜 이렇게 불안하지?

이야기는 이어졌다. 자율 주행 회사와 보험사 측에서는 사건을 공론화하지 않는다는 조건으로 보상금을 제시했다. 여자는 보상금으로 휴가를 가자고 했다. 차도 바꾸고, 집도 고치고.

하지만 그들은 휴가를 가지 못했다. 보상금 지급이 차일피일 미뤄지는 문제로 여자는 날이 서 있었다. 부부 싸움은 날이 갈수록 심해졌다. 임신 시술을 그만두게 된 게 서로의 탓이라며 몰아붙이던 중에 보상금 문제가 터졌다. 남편이 보상금을 몰래 빼돌린 것이었다. 그들은 이혼했다.

그는 기다렸다는 듯이 양육권을 포기했다. 그녀는 양육비 지급 소송을 걸었지만, 법적으로 로봇은 양육 대상에서 제외됐다. 그녀는 일을 구했으나 반복되는 지각과 근무 태만으로 잘렸다. 그때부터 술을 마시기 시작했다. 자지 않고 깨어 있는 모든 순간에.

너 때문에 내 인생이 이렇게 됐다.

여자는 옴짝달싹 못 하게 로봇을 가두고 때리기 시작했다. 손에 잡히는 모든 것이 무기가 되었다. 로봇 손목 안쪽의 일련번호를 없앤 것도 여자였다. 로봇은 그녀가 술에 취해 잠들기만 기다렸다. 매일 밤.

"하지만."

그럴 리 없다며 나는 입을 열었다. 아까 산으로 오는 길에 로봇이 술에 취한 남자를 보고 잔뜩 긴장했었기 때문에 로봇의 이야기가 시작되는 순간부터 마음의 준비를 하고 있었다. 남자가 문제였을 거라고. 나에게 중년 남자는 미워하기 쉬운 존재였다. 그런데 여자라니. 엄마라니.

"그 여자는, 너에게 이름을 지어줬잖아. 귤을 좋아하는 이유가 그 여자 때문이 아니었어?"

나는 엄마라는 말이 튀어나오지 않게 하려고 조심하며 물었다. 로봇은 고개를 돌려 한곳을 바라보았다. 낡은 캠핑 트레일러가 있는 곳이었다. 남의 이야기하듯 담담한 목소리로 말했다.

"사랑해서 화가 나는 거래. 엄마는 나를 사랑한대."

사랑이 이유가 될 순 없었다. 그래선 안 되는 거 아닌가. 어쩌면 다 거짓말일지도 모른다. 로봇은 거짓말을 할 수 없도록 설계되어 있지만, 모든 로봇을 검사한 건 아닐 테니까.

"하지만 너는 흔적이 없잖아?"

"그래서 더 화가 난대. 때려도 내가 멀쩡해서. 내가 꼭 엄마를 놀리는 것 같대."

며칠 전엔 여자가 밤새 로봇을 때리다가 손목뼈가 골절됐다고 했다. 로봇을 학대하는 입양모라니, 믿을 수 없었다.

"내 눈으로 직접 확인해야겠어."

트레일러로 가자며 이글비의 줄을 당기자, 로봇이 내 옷깃을 다급하게 잡았다.

"이글비와 같이 가면 안 돼."

부부는 로봇은 개처럼 아프게 죽지 않는다는 걸 이유로 버려지는 개와 로봇 중에서 로봇을 택했다고 했다. 입양 동기에 쓴 그 말이 만약 거짓말이라면…….

"동물을 키울 수 없는 사람이었구나? 동물학대죄로 처벌받은 이력이 있는 거지?"

"……내가 오기 전에 세 마리가 죽었어. 이웃들이 신고했고."

그들은 동물학대죄가 기록으로 남아 동물도, 아이도 입양할 수 없었다. 하지만 로봇은 상관없었다. 로봇은 생명이 아니니까.

"공장 창고엔 왜 간 거야?"

"숨을 곳을 찾다가 발견했어. 엄마는 내가 절대 거기 없을 거라고 생각할 테니까. 거긴 나쁜 로봇들의 무덤이랬거든."

그런데 얼마 전 창고에 토막 난 로봇이 들어온 것이다. 로봇의 눈에 그 토막 난 로봇은 전혀 나빠 보이지 않았다. 도대체 어떻게 로봇이 나쁠 수 있는지 알 수 없었다. 그래서 이곳으로 가져와 묻어준 것이다. 어떤 식으로든 또다시 살아나지 않기를 바라는 마음으로. 고통이 모두 끝나기를 바라는 마음으로.

"날 왜 찾아온 거야?"

"날 입양해 줘. 저 이글비처럼."

그동안 지켜봤다는 게 이런 의미였나. 나는 아까처럼 로봇을 싫어한다는 말을 차마 할 수 없었다. 그렇다고 알겠다고 고개를 끄덕일 수도 없었다.

"그건 안 돼."

고민해 보겠다는 무책임한 말 대신 단호하게 선을 그었다. 로봇이 떼를 쓸지도 모른다고 생각했는데 로봇은 그럴 줄 알았다며 고개를 푹 숙였다.

"그럼 가끔 창고에 숨어도 돼?"

나는 로봇을 보았다. 머리 쪽은 학습이 가능한 인공 지능 칩이 탑재되어 있다고 해도 외피는 흔적조차 남지 않을 정도로 튼튼한데, 왜 이토록 두려워하는 걸까.

"설마 너, 고통 감지기가 설치되어 있어?"

"응."

언제 사고가 날지 모르는 지하 터널을 만드는 데에 사용되는 로봇이라 감각 지능이 필요했다. 고통 감지로 알려진 기능은 인간의 오감 역할을 했다. 행복을 느끼게 해주는 오감이 누군가에게는 고통을 느끼게 할 용도로 개발되었다. 고통은 중요했다. 사고의 위험을 방지하기 위해서. 시각이 다른 일에 팔려 있을 때 후각이 위험을 감지할 수도 있으니까.

"지금도 아파?"

"아프다고 하면 날 숨겨줄 거야?"

"그건 안 된다고 했잖아. 근데, 고통 감지기는 어떻게 해볼 수 있을 것 같아. 공장으로 가자. 고 씨 아저씨가 알지도 몰라."

나는 토막 난 로봇을 여기에 둘 수 없는 이유를 설명했다. 신고 센터에서 부과되는 벌점과 할당량 문제도. 로봇은 그런 줄 몰랐다며 같이 묻어둔 자루를 꺼냈다.

토막 난 로봇을 넣은 자루를 왼쪽 어깨에 메고 오른손으로는 이글비 줄을 잡았다. 문제가 있었다. 이글비는 공장에 데려갈 수 없었다. 공장 주변에는 고철 조각들이 바닥에 떨어져 있을 수도 있어서 위험했다. 집으로 가서 이글비를 마당에 놓고 자루를 들고 공장으로 갔다. 로봇은 내내 옆에 딱 붙어 있었다.

나는 로봇과 함께 휴게실로 들어가서 바닥에 자루를 턱 내려놓았다. 휴게 시간이라 아저씨들은 냉커피를 마시며 쉬고 있었다. 다들 놀란 눈으로 우리를 보았다.

"도난당한 로봇 토막들 찾았어요."

나는 어떻게 로봇과 함께 오게 되었는지 CCTV 설치부터 설명했다.

"그래서 부탁이 있어요. 이 로봇의 고통 감지기를 끄고 싶어요."

11

"고통 감지기는 함부로 조작할 수 없어."

고 씨 아저씨가 난감한 표정으로 뒷머리를 쓸어내렸다. 출고되는 로봇을 실은 트럭을 몬 적이 있다고 해서 로봇에 대해 알지도 모른다고 생각했는데. 좀 알아보겠다며 고 씨 아저씨가 휴대폰을 들고 나간 사이 아저씨들이 로봇을 이리저리 살펴보았다.

"너 몇 살이냐?"

"일곱 살이요."

"겨우?"

김 씨 아저씨의 눈썹이 올라갔다. 나도 그게 좀 이상했다. 터널이 완공된 지는 오래됐으니까.

"공사 현장을 떠나 여기로 와서 엄마를 만난 지 칠 년 됐어요."

"그렇게 당해놓고도 그 여자를 '엄마'라고 부르는 거야?"

박 씨 아저씨가 믿을 수 없다는 어조로 말했다. 생각해 보니, 그 트레일러는 박 씨 아저씨 집과 가까운 편이었다.

"아저씨는 알고 계셨어요?"

"그게, 그 여자가 좀 시끄러워야지. 한번은 우리 집에 몰래 들어와서 맥주를 훔치려고 한 적도 있다니까."

"로봇이 맞는 것도 알고 있었어요?"

"······."

박 씨 아저씨는 입을 다물고 고개를 돌렸다. 침묵으로 기분 나쁜 트레일러와 거리를 둔 것일까. 나는 고개를 돌려 할아버지를 보았다. 할아버지가 나를 돌아보며 짧게 말했다.

"고통 감지기를 끄는 방법은 신고 센터에 가서 찾으면 된다."

언제나 신고는 내 몫이었다. 누가 시킨 건 아니었지만 내가 나서서 했으니까. 당연하다고 생각했던 그 일이 오늘은 망설여졌다. 나는 휴대폰을 꺼내지 않았다.

박 씨 아저씨가 불편한 눈으로 로봇을 보며 말했다.

"근데 신고하면, 그 여자가 가만있을까요?"

"정식으로 입양했다니까 다시 그 트레일러로 데려가겠죠. 이 로봇은 그 '엄마'라는 사람의 소유잖아요."

나는 짓씹어 뱉듯이 말했다. 화가 났다. 왜 화가 나는지 이유도 모른 채 이 모든 게 화가 났다.

"그냥 보내면, 언젠가는 트럭에 실려 오겠죠. 그땐 진짜 센터에 신고해야 할 날이 올 거예요. 그것밖에 할 수 있는 게 없을 테니까."

아저씨들의 눈이 토막 난 로봇으로 향했다. 김 씨 아저씨가 먼저 입을 뗐다. 그건 좀 아니지 않냐, 그럼 어쩔 거냐, 우리가 책임질 거냐, 생각을 좀 해보자. 많은 이야기가 오갔다.

고 씨 아저씨가 다시 휴게실로 들어왔다. 로봇의 등을 만졌다. 실금인 줄 알았던 틈 사이로 손을 넣어 뚜껑을 열려고 애썼지만 되질 않았다. 고 씨 아저씨 얼굴이 벌겋게 달아올랐다.

"왜 이렇게 빡빡해."

"몇 달 전에 라이터로 엄마가 등을 지졌어요. 아무도 손을 못 대게 하겠다고."

소름 끼치는 정적이 휴게실을 가득 메웠다. 고 씨 아저씨가 기구를 가져와서 등 쪽에 우그러진 판을 열었다. 그 안에 작은 스위치가 있었다.

"전화로 물어보니까, 이 모델은 위험도가 70 이상인 작은 공간에 들여보내려고 만든 거래. 위험도가 90 이상인 작업을 할 때는 공사의 효율성을 위해 감지기를 일시적으로 꺼두려고 등 쪽에 스위치가 있다고 하더라고."

고통 감지기는 로봇의 손이 닿지 않는 등에 있었고, 그것을 켜는 이유는 일의 효율성과 안전도 점검을 위한 것이었다. 로봇의 의견은 중요하지 않았다. 나는 로봇에게 물었다.

"고통 감지기 끌까? 이 스위치를 끄면 더는 아프지 않을 거야."

"아프지 않게 되면 날 트레일러로 보낼 거야? 아니면 센터에 신고할 거야?"

"……."

나는 대답하지 못했다. 나 혼자만 결정할 수 없으니까. 이 로봇이 결정할 수도 없는 일이고. 대체 이건 누가 결정할 수 있는 문제일까.

할아버지는 엄한 눈으로 로봇을 주시하며 나를 향해 말했다.

"오전에 방학 숙제가 있다고 선생님께 연락받았다. 고등학교 입시에 아주 중요한 거라던데."

할아버지는 고철 더미에 쓸려 온 광부용 헬멧의 조명을 카메라로 개조한 걸 가져왔다. 20세기 유물 같은 모형에 입이 떡 벌어졌다. 이걸 쓰는 순간 서울시의 새로운 명물이 될 것 같았다. '20세기 땅굴 소년'이란 별명도 얻겠지.

"곧 있을 불꽃 축제 때 맞춰서 가면, 영상도 더 잘 나올 거다."

"그럼 저 로봇은요?"

"네가 돌아올 때까지 여기 두마. 저 토막 로봇도. 썩는 것도 아니니."

할아버지는 내가 로봇과 거리를 두기 원했다. 방학 숙제는 좋은 핑계였다. 로봇과 관련된 일들은 어른들이 처리할 테니 학생은 방학 숙제만 생각하라는 것이었다.

나는 떨떠름한 표정으로 아랫입술을 깨물다가 로봇에게 물었다.

"너 혹시 추적 장치 있어?"

"입양될 때 회사에서 제거했어."

공장 아저씨들은 앞으로 문단속을 더 철저히 하기로 했고, 창고에 달아놓은 CCTV도 제거했다. 바쁘게 아저씨들과 움직이는 사이 로봇은 그림자처럼 뒤를 졸졸 쫓아다녔다.

"저도 도울게요. 전 빨리 배워요."

그 말이 오히려 독이 되었다. 아저씨들은 아무것도 하지 말고 가만히 있으라고 로봇에게 엄포를 놓았다. 일이 어느 정도 마무리되자 아저씨들은 저녁 전에 넘겨야 할 일을 바쁘게 처리했다. 공장은 소음으로 가득 찼다. 덩그러니 나와 로봇만 남았다.

"그 여자는 공장엔 절대 안 올 거야. 네가 여기 있을 거라곤 상상도 못 할 테니까."

로봇이 뭐라고 대답한 것 같았지만 소음 때문에 잘 들리지 않았다. 로봇은 입이 따로 없어서 소리가 들리지 않으면 말을 했는지 어쩐지 알 수 없었다. 난 가보겠다고 크게 소리친 뒤 공장 밖으로 나섰다. 내 뒷모습을 바라보는 로봇의 눈이 등 뒤로 느껴졌다.

집으로 돌아오는 길이 길었다. 씻고 평상에 앉으니 나무로 만든 의자가 눈에 들어왔다. 몇 시간 전 느꼈던 감정은 눈 녹듯이 사라지고 없었다.

할아버지 퇴근 시간에 맞춰 식탁에 저녁밥을 차렸다. 마른 행주로 양쪽을 쥐고 뚝배기를 식탁에 옮길 때 이글비가 좋아서 끙끙대는 소리가 들렸다. 행주를 든 채 마당으로 뛰어나갔다. 혹시 했는데 할아버지 혼자였다. 로봇은 창고에 두고 온 것이다. 그 토막 난 로봇과 함께.

할아버지는 이글비를 한참 쓰다듬은 뒤 손을 씻고 식탁으로 왔다. 할아버지는 식탁에 앉으려다가 멈칫했다. 마당에서 말리고 있던 의자가 옮겨진 것을 알아챈 것이다. 나는 수저를 놓으며 말했다.

"할아버지 드리려고 만든 거예요. 말릴 때 얼룩이 조금 생기긴 했는데, 앉는 데는 지장 없을 거예요. 할아버지 몸에 맞춰서 만들었거든요."

"좋구나."

할아버지는 의자에 앉아 엉덩이를 뒤쪽에 딱 붙인 뒤 고개를 끄덕였다. 숟가락으로 국부터 떴다. 어제 끓인 된장찌개가 졸아들어 맛이 더 깊어졌다. 할아버지는 감자를 크게 썰어 넣은 된장찌개를 좋아했다. 나도 할아버지와 입맛이 같았다. 그런데 오늘은 입맛이 없었다.

나는 밥을 뜨다 말다 하다가 입을 뗐다.

"스위치 내리셨어요?"

"무슨 스위치 말이냐."

"로봇 등에 있던 고통 감지기 스위치요. 아까 그냥 온 것 같아서요."

"내일 가서 꺼주마."

할아버지는 별일 아니라는 듯 식사했지만 나는 밥을 먹을 수가 없었다. 고민 끝에 물었다.

"궁금한 게 있어요. 할아버지는 왜 로봇을 싫어하세요?"

12

오래전 나에게도 로봇 장난감이 있었다.

원형 모양의 로봇 공은 어떻게 조립하느냐에 따라 모습과 기능이 다양하게 변했다. 천 가지 이상으로 변신할 수 있는 로봇 장난감은 전 세계 어린이에게 사랑받았다. 나 역시 그 로봇을 사랑했다. 장난감 자동차와 함께 달리고 싶으면 로봇의 발쪽을 바퀴가 달린 공으로 교체하면 되고, 짐을 나눠 들고 싶으면 로봇의 팔 부분을 빨판 장치 공으로 교체하면 끝이었다.

로봇 공을 조합해서 자동차, 조각배, 나만의 작은 집을 만들었다. 훗날 누가 나에게 언제부터 건축가가 되고 싶었냐고 묻는다면, 바로 그때부터라고 말할 것이었다. 로봇 장난감을 가지고 놀면서 나는 내가 얼마나 많은 것을 할 수 있는지를 깨달았고 그 가능성에 심장이 뛰었다.

일곱 살 때부터 할아버지와 살게 되면서 로봇 장난감을 다신 보지 못했다. 할아버지는 로봇을 싫어했다. 그 이유가 궁금해서 어린 시절 할아버지에게 물어보았다. 할아버지는 내가 로봇을 장난감처럼 다루기를 원하지 않아서라고 했다. 일곱 살에게는 어려운 말이었다.

얼마 뒤 할아버지 손을 잡고 고철 공장에 처음 갔을 때 충격을 받았다. 고철이 산처럼 쌓인 공장은 어린 나에게 로봇들의 무덤으로 보였다. 뜨겁고 시끄러운 지옥 같아 보이기도 했고.

절대 내 로봇 장난감에게 보여주고 싶지 않았다.

이제 나는 열다섯이었다. 삼켜두었던 질문을 던질 만한 나이가 되었다고 생각했다.

할아버지는 수저를 내려놓은 후 운을 뗐다.

"네 엄마가 죽고 얼마 되지 않았을 때 공장에 첫 번째 로봇 토막이 도착했다. 신고 센터가 세워진 초반이라 시스템이 엉성할 때였지. 그래서 어떤 놈이 이런 흉측한 짓을 한 건가 싶어서 고 씨와 함께 공장 문도 닫고 범인을 직접 추적했는데, 초등학생이었다. 그 아이 어머니가 말하더구나. 유행하는 또래 로봇을 아이에게 사줬는데, 아이가 장난 삼아 심하게 때렸다고."

'심하게'라는 말에서 많은 상황이 생략되어 있다는 게 느껴졌다.

"때렸다고요? 아까는 토막이라고 하셨잖아요?"

"아이용으로 나왔어도 인공 지능 칩이 탑재된 것들은 모두 신고해야 한다. 신고 센터에 알리면 제 아이의 폭력 성향이 알려질까 봐 그 부모가 토막 내서 버린 것이었지. 자세히 보니 불에 그을린 흔적이 많았다. 개미를 돋보기에 태워 죽이듯이 또래 로봇을 괴롭힌 거다."

내가 그런 아이처럼 자랄까 봐 걱정돼서 로봇에 대해 엄격했던 거라고? 할아버지는 로봇 장난감을 뺏기고 바닥만 보며 걷던 나에게 이글비를 소개해 주었었다. 이글비는 만나자마자 나의 가장 친한 친구가 되었다. 하지만 이글비는 로봇의 대체

품이 아니었다. 어린 시절 나와 함께 꿈을 꾸던 그 로봇은 가슴 속에 살아 있었다. 오늘 전에는 나도 모르고 있었지만.

"혼자 키웠지만 네 엄마가 잘 자라줘서, 너도 그렇게 키우면 될 줄 알았다. 너는 네 엄마와 다르고 시대는 계속 변하는데."

할아버지는 나를 사랑했다. 그 사실만큼은 의심해 본 적 없었다. 나도 할아버지를 사랑했다. 하지만 사랑한다고 할아버지와 같은 길을 갈 필요는 없지 않을까.

저녁 식사가 끝나고 방으로 들어갔다. 패드를 켜서 고등학교 안내 자료를 다시 보았다. 할아버지 말대로 내 꿈에 집중해야 한다. 홈페이지에 들어가 보니, 나를 뺀 모든 학생이 채널에 홍보 영상을 올린 상태였다. 하나도 눈에 들어오지 않았다.

나의 세계관을 결정짓는 세 가지 질문 중 첫 번째. 로봇을 얼마나 처리했는가. 그 질문은 나를 설명하지 못한다. 아무도 나보고 로봇을 처리하라고 등 떠민 적은 없었지만, 그렇다고 그게 오롯이 내 선택이었다고는 말 못 하겠다.

너무 답답해서 마당으로 나와 자전거를 꺼냈다. 마주 불어오는 바람에 끈끈이처럼 들러붙는 생각을 떼어내고 싶었다. 정신없이 달려서 도착한 곳은 트레일러 쪽이었다. 트레일러 안쪽에 불이 켜져 있었다. 우당탕 소리가 났다.

"셋 셀 때까지 빨리 나와! 엄마 지금 화났어!"

로봇이 보이지 않자 여자는 울었다. 세상이 무너진 것처럼. 날 버리고 가지 말라고, 그래선 안 된다고 서럽게 울었다. 로봇

앞에서도 저랬을까. 그래서 여태껏 여자를 떠나지 못한 걸까.

다른 쪽에서 박 씨 아저씨가 집에서 나오는 모습이 보였다. 크게 한숨을 쉬고 시끄러운 트레일러 쪽을 보았다가 다시 집으로 들어갔다. 문이 세게 닫혔다.

고철 공장으로 들어온 파손된 로봇들이 눈앞에 스쳤다. 로봇에 대한 폭력 문제를 숨기려고 들었다. 나도 할아버지도 모두가. 그래서 침묵의 대가로 이런 일이 발생한 건 아닐까.

나는 자전거를 돌려 옆에서 끌며 천천히 걸었다. 생각할 시간이 필요했다. 한참 후 공장에 도착해 보니 적막했다. 모두 퇴근하고 기계도 꺼진 곳에서, 로봇은 창고 안에 얌전히 앉아 있었다. 내가 다가가자 로봇이 나를 올려다보며 말했다.

"너한테선 귤 냄새가 나."

"왜 자꾸 귤 얘기를 해?"

"엄마가 귤을 좋아했거든. 내가 귤을 백 번 조물조물하고 건네주면 좋아했어. 이때까지 먹어본 어떤 귤보다 맛있다고."

"어떻게 그럴 수가 있어? 널 때렸잖아. 계속."

"사고가 나기 전까지 엄마는 날 사랑했어. 진짜야."

로봇은 그가 온 첫해 겨울 온 가족이 둘러앉아 귤을 까먹던 행복한 날을 그리워하고 있었다. 로봇은 여자와의 소중한 기억으로 매일 공포를 견뎠다. 그 공포의 대상이 바로 여자인데도.

나는 창고로 오기 전 휴대폰으로 로봇 학대를 검색해서 찾아보았다. 어떤 기사에서도 로봇 학대는 단 한 건도 신고된 적 없었다. 학대란 사람을 대상으로 하는 것이니까. 로봇은 사람이 아니니까. 법은 로봇을 보호하지 않는다. 그래서 토막 로봇을 수거하는 것은 경찰이 아니라 신고 센터 직원이다. 내가 할 수 있는 일이 없다. 여기에 계속 숨겨주는 것밖에는.

나는 주먹을 쥐고 로봇을 보았다. 이 로봇은 어린 시절 내가 사랑하던 그 조립 로봇 장난감이 아니다. 구형 로봇이다.

유전자 조합을 하지 않은 인간과 구형 로봇은 비슷하지만 다르다. 나에 대한 차별은 법적으로 금지되어 있지만, 구형 로봇은 단속 대상이다. 서울시에서는 구형 로봇의 방치가 도시 슬럼화로 이어진다며 올해 초부터 구형 로봇을 발견 즉시 수거해서 폐기 처분했다. 도시 미관 개정법에 따른 조처였다.

할아버지가 말한 불꽃 축제는 서울 도심 한가운데 세워진 로봇파크 개관을 축하하기 위해 마련한 행사였다. 그 축제에 구형 로봇은 절대 함께할 수 없었다.

세계관은 중요하다. 세상을 이해하는 방식이 살아남을 가치가 있는지 없는지를 증명하니까. 이 로봇을 만나면서부터 나의 세계관은 흔들리고 있다. 나는 선택할 수 있다. 나의 세계관을 증명하거나 잘못된 세계와 싸우거나.

"너는 여기 계속 숨어 있을 수 있어. 더 지내보면 알겠지만, 공장 아저씨들은 진짜 좋은 분들이야. 할아버지도 무뚝뚝하지만 약속은 꼭 지키는 분이고. 네가 이 창고가 좋다면 그렇게 해. 하지만 그게 아니면……."

"아니면?"

나는 몸을 낮춰서 로봇과 눈을 맞추며 말했다.

"밖으로 세상 보러 가자. 같이."

동행

13

지금부터 해야 할 일이 많다.

옷, 배터리, 비상금, 우의 등을 가방에 미리 챙기는 사이, 미래는 패드로 내 방학 숙제를 검색하더니 불쑥 물었다.

"왜 채널 이름이 '산하중 2학년 신인류'야?"

"채널 만들면 자동으로 생성되는 거야. 지금 바꿔야겠다. 들어봐. 후보가 세 개거든. '인류의 눈으로 본 서울의 유산', '서울과 건축 그리고 인류', '인류건축'. 어때?"

"이름에 나도 넣어줘."

"내가 찍고, 내가 편집하고, 다 내가 할 건데?"

"나도 나오잖아."

내 이름이 먼저다, 여기서 주인공이 누구냐, 네가 나 대신 숙제하고 학교에 입학할 거냐, 학교 입학이 중요한 거였냐, 그럼 뭐가 중요하냐, 대체 나는 왜 안 되냐, 자꾸 이럴 거냐.

사흘 내내 옥신각신한 끝에 이름을 정했다. 인류의 미래. 그 걸로 이번 여행에서 가장 어려운 문제를 해결한 줄 알았다. 하지만 진짜 장애물은 엉뚱한 곳에서 튀어나왔다.

아침에 할아버지가 출근하려고 신발을 신으며 말했다.

"내일 새벽에 출발해라. 가끔 고철을 가져다주는 장 씨가 배달이 있어서 서울에 갈 일이 있다고 하니까 트럭 옆자리에 둘이 타면 될 거다."

"불꽃 축제까지는 일주일이나 남았는데요? 무박 2일로 가려면 아직……."

"보호자도 없이 밤에 로봇과 돌아다니게 할 순 없다. 공장일 때문에 내가 같이 가줄 순 없으니, 잠은 서울 집에서 자라. 다 연락해 놨다. 주소도 받아놨고."

어쩐지 미래와 함께 가겠다고 했을 때 허락이 너무 쉽다 싶었다. 목 뒤로 땀이 차올랐다.

"전 싫어요. 제가 그 남자 집에 왜 가요!"

"그래도 가족이야. 네가 싫다고 해서 될 일이 아니다."

"그 남자가 그렇게 하래요? 안 그럼 법적으로 해보겠대요?"

"일곱 살 이후로 못 봤으니 팔 년이다. 네가 연락도 싫대서 그간 네 아버진 네가 커가는 사진만 봤어. 오랜만에 가는 서울이잖니. 하루는 너무 짧아. 너에게도 이 로봇에게도."

항변하고 싶었지만, 입이 떨어지지 않았다. 채널명을 짓고 동선과 장면 등을 구상하면서 깨달았다. 무박 2일이 얼마나 무모한 계획인지를. 그 짧은 시간에 원하는 영상을 찍을 수 있을지 자신이 없었다. 일주일이면 내가 보고 싶은 곳을 충분히 돌아볼 수 있었다. 영상에 담을 수 있는 장면도 더 풍부해질 거고. 하지만 그것 때문에 그 집에 가긴 싫었다.

"네가 싫다고 하면, 다시 서울에 연락하마."

더 생각해 보라며 할아버지는 출근했다. 그 후 나는 자전거를 끌고 나가 미친 듯이 페달을 밟았다. 폐가 터질 것처럼 바퀴를 돌렸더니 학교에 도착해 버렸다. 방학이라 학교는 한산했다.

자전거를 멈추고 나서야 뒤쪽에서 덜컹거리는 플라스틱 박스를 두 손으로 꼭 잡은 미래를 발견했다. 어쩐지 오르막길에서 오늘따라 다리 근육이 팽팽하게 당기더라니. 내 감정에만 신경 쓰느라 미래가 뒤에 탄 것도 모르고 있었다.

"할아버지랑 얘기하는 거 다 들었어. 괜찮아?"

"안 괜찮아."

벤치에 털썩 앉으며 말했다. 미래는 박스에서 내려와 학교 쪽을 바라보았다. 학교는 직사각형 건물을 기본으로 체육관이 기역 자로 꺾여 있었고, 그 가운데 운동장이 있었다.

"학교는 처음 와봤어. 들었던 거랑 너무 달라."

"학교에 대해서 누가 말해줬어?"

"예전에 학교에서 일하던 로봇이 말해줬어."

"서울시 지하 터널 공사 끝나고 창고에 있다가 바로 입양된 거 아니었어?"

"1차 공사가 끝나고 창고로 가기 전 다른 공사에 투입됐었어."

서울시 지하 터널 공사는 삼십 년 전에 끝났다. 미래는 입양된 지 칠 년 정도 되었고. 그사이 다른 공사가 더 있었다. 미래는 이십 년이 넘는 시간 동안 또 일을 한 것이다. 로봇의 외피는 튼튼했고 오류도 결함도 없었다. 사람들은 로봇 자원을 알뜰하게 활용했다.

서울시는 첨단 도시를 내세우며 지하 도로 사업을 활발하게 추진했다. 1차적으로 자율 주행 도로가 성공하자 물류 이동 도로도 추진했다. 모든 물류와 차량이 지하로 이동하면서 서울시는 걷는 도시로 유명해졌다.

"기사에는 베스트프렌드사가 공사에 참여했다는 말이 없던데?"

"물류 터널 공사 때는 모든 로봇 회사가 함께했거든."

"그럼 더 대단한 거 아니야? 왜 기사화하지 않았지?"

"물류 지하 터널에는 각 회사에서 수거한 구형 로봇들이 일하고 있어."

물류 트럭들도 지하 자율 주행 도로로 이동하기로 계획되어 있었지만 시민들의 반대가 거셌다. 지상이든 지하든 차량 통행이 늘어나면 이동 속도가 느릴 수밖에 없었기 때문이다. 그래서 서울시는 사람이 이동하는 자율 주행 도로와 물류 이동 도로를 분리하기로 했다.

1차 지하 터널에서 자율 주행 차가 이동하는 속도가 빨라질수록 그 아래 지반은 더 약해졌기 때문에 지하 물류 터널의 차량은 20세기 방식으로 느리게 이동했다.

"로봇들이 거기서 일하고 있어."

새로운 로봇이 만들어지는 속도가 너무 빨라 기존 로봇 처리가 시급해졌다. 각 회사에서는 구형 로봇을 반납하면 신형 로봇을 구매할 때 보상금으로 할인해 준다고 광고했다. 수거된 로봇 중 사용 가능한 것들은 모두 물류 지하 터널로 보내 일을 하게 했다.

로봇을 왜 땅에 묻어준 거냐고 물었을 때, 미래가 말했었다. 다시 재활용되지 말라고 그런 거라고. 깨어 있는 동안 충분히 아팠을 테니까. 그 말이 어떤 의미인지 곱씹자, 입안이 썼다.

로봇 회사들이 연합해서 암암리에 2차 물류 센터에서 구형 로봇들에게 일을 시키는 것, 올해 초 구형 로봇 폐기법이 통과된 것, 며칠 후 서울시 시그니처로 로봇파크가 개관하는 것. 이 모든 것이 그물처럼 복잡하게 얽혀 있었다.

그것도 모르고 미래에게 나와 함께 세상을 보러 가자고, 트레일러에서 여자에게 맞고 살거나 창고에 갇혀 있는 것이 로봇의 삶이어서는 안 된다고 목에 핏대를 세워 설득했었다.

서울의 시그니처 건축물을 보는 꼬마의 뒷모습만 찍다가 마지막에 민얼굴을 보여줄 생각이었다. 봐라, 이제까지 서울을 여행한 건 구형 로봇이었다. 세상에 엿 먹이듯이. 그게 자유를 상징한다고 생각했다. 열다섯의 치기였고 계획은 조잡했다.

"난 영상 때문에 걸려도 벌금 내고 훈방 조치로 끝날 줄 알았어. 근데 아니잖아. 그들이 널 수거해서 다시 그 지하 터널로 보내면 어떡해."

"그럼 난 거기서 다시 일해야 할까? 평생?"

"왜 남 얘기 하듯 말해."

"트레일러에 내가 있어서 다행이라고 생각했어. 동물이나 사람이 아니니까. 난 물건이니까."

미래는 자신이 물건이라는 생각으로 고통을 버텨왔다. 고통 감지기로 모든 것을 느끼면서도.

"난 서울 거리를 걷고 싶어. 딱 한 번이라도. 단 몇 시간이라도."

그래서 내가 세상을 보러 가자고 했을 때 흔쾌히 나선 것이다. 각자 다른 이유로 소리 없는 아우성이 우리 안에서 길게 이어졌다.

이제껏 아무에게도 말하지 않은 속내를 툭 터놓았다.

"나는 유전자 조합 인간이 싫어. 수행 평가 토론 때 유전자 조합 자체가 사기라고 했지만, 만약 내가 유전자 조합으로 태어났으면 그렇게 말하지 않았을 거야."

내가 태어나기 한참 전부터 인간은 로봇의 서비스를 받는 세상이었다. 그때부터 보이지 않는 계급이 생긴 것 같다. 인간은 로봇보다 우월해야 했다. 어떤 사업가는 사이보그만이 로봇 시대에서 인간이 살아남을 유일한 방법이라고 말했지만, 사람들의 생각은 달랐다. 출발선을 다르게 조정하자. 그게 먼저다.

나는 유전자 조합 기술을 비껴난 아이였다. 그 남자는 유전자 조합을 원했지만 엄마가 반대했다. 우리 아이는 사랑으로 충분하다고. 의견은 팽팽하게 맞섰고 결국 엄마는 임신 후 안정을 이유로 할아버지 집으로 옮겼다. 엄마가 산후 과다 출혈로 돌아가시고 몇 년 뒤, 남자는 대학 동창과 재혼했다. 나 역시 그 집에서 함께 살게 됐다.

다섯 살이 되면 나와 남을 구분할 수 있게 된다. 그때 동생이 나와는 다르게 유전자 조합으로 태어났다는 것을 알게 되었다. 나와 동생의 엄마가 다르다는 것보다 더 충격적이었다.

나는 여름 방학 때 할아버지 집에 놀러 갔다가 다시 서울 집으로 안 가겠다고 벽장에 숨었다. 남자는 나와 대치했고, 할아버지는 그러다 애 잡겠다며 당신이 키우겠다고 하셨다. 남자는 안 된다고 했지만, 난 틈만 나면 할아버지 집으로 가겠다고 가출했다.

그러던 어느 날 사고가 났다. 남자를 피해 도망가다가 지상으로 나온 자율 주행 차에 부딪힐 뻔했다. 남자는 나의 안전을 위해 양육권을 포기하고 할아버지 집으로 나를 데려다주었다. 그때가 내가 일곱 살 때였다.

남자가 나를 포기한 게 아니다. 내가 남자로부터 도망쳤다.

14

"뭐 빠뜨린 거 없지?"

장 씨 아주머니가 시동을 걸며 쇳소리가 나는 목소리로 물었다. 머리카락이 짧았고, 전체적으로 탄탄한 근육질에, 잠자리 선글라스를 쓰고 있었다. 천 년 전에 태어났으면 장군으로 천하를 호령할 상이었다.

미래는 장 씨 아주머니에게서 눈을 떼지 못한 채 얼어 있었다. 아무래도 불안했다. 지금이라도 서울로 갈 다른 방법을 알아보겠다고 해야 할까. 미래가 불쑥 질문을 던졌다.

"여자예요?"

"불만 있냐? 넌 뭔데?"

난 상황이 험악해지기 전에 내리려고 안전벨트를 풀었다. 그사이 미래가 또박또박 대답했다.

"전 로봇이에요. 성별은 남자도 여자도 아니에요."

"중성화 같은 걸 한 건가."

"전 강아지가 아니에요. 로봇은 그런 거 안 해요."

"나도 중성화는 반대다. 자식을 낳을 권리는 아주 중요하지."

그들의 대화는 크게 어긋나 있었다. 미래는 곰곰이 생각하다가 또 물었다.

"로봇을 싫어해요?"

"……."

장 씨 아주머니는 시동을 껐다. 트럭 엔진이 식으면서 고요해졌다. 나는 조수석 문을 열려다가 멈췄다. 지금 이 타이밍에 내리면 상황이 걷잡을 수 없어질 것 같았다.

어젯밤 할아버지에게 미래와 내일 아침 트럭을 타고 서울로 출발하겠다고 말할 때만 해도, 내 결심만으로 충분할 줄 알았다. 더는 도망치지 않겠다는 결의에 스스로 도취해 있었고, 미래 역시 비장하게 서울로 가보자며 호기롭게 짐을 챙겼다. 우리의 도원결의는 이른 새벽 트럭을 몰고 온 장군상 장 씨 아주머니 앞에서 흔들렸다.

장 씨 아주머니가 미래를 똑바로 보며 낮은 목소리로 말했다.

"사장은 뻑하면 날 자르겠다고 협박하지. 연차를 꺼낼 때마다, 야근 수당 올려달라고 할 때마다, 조금이라도 배달이 늦을 때마다. 로봇으로 대체되지 않은 이유는 내가 로봇 유지 비용보다 싸게 먹히니까 그런 거다. 로봇을 싫어하냐고? 그걸 질문이라고 하는 거냐?"

"이 트럭은 신고 센터로 가는 건가요?"

미래의 질문에 나는 고개를 휙 돌려 장 씨 아주머니를 보았다. 생각해 보니, 로봇을 싫어하는 장 씨 아주머니가 우리를 서울까지 태워다 준다는 게 너무 이상했다.

"그걸 걱정한 거냐? 신고 센터에 널 데려갈까 봐?"

장 씨 아주머니는 코로 한숨을 크게 내쉰 후 앞을 보며 핸들에 손을 얹은 채 말했다.

"서울로 배달 갈 때 너희를 함께 데려가 달라는 부탁을 받았다. 나는 약속은 지키는 사람이다. 못 믿겠으면 내려라."

나는 미래를 보았다. 미래도 나를 보았다. 서울까지 잘 부탁드린다고 말하려는데, 미래가 고개를 휙 돌리더니 하지 말아야 할 말을 보탰다.

"절대 술은 안 돼요."

장 씨 아주머니 표정이 주먹 속에 구겨진 종이처럼 험악해졌다. 운전자에게 술을 말하다니. 나는 상황이 더 안 좋아지기 전에 래퍼처럼 빠르게 해명했다.

"미래는 입양된 후 얼마 전까지 알코올 중독자 여자에게 매일 학대받았어요. 그래서 그래요. 나쁜 뜻은 결코 없어요."

"너희들은 서울로 도망치는 거냐? 그 여자가 무서워서?"

내가 대답하려는데, 미래가 내 대답을 가로챘다.

"전 서울 거리를 걷고 싶어요. 그리고 인류는 서울에 아버지를 만나러 가요. 십 년 만에요."

나는 그건 아니라고 바로잡으려다가 입을 다물었다. 여기서 할 이야기가 아니었다. 왜 그런 의뭉스러운 이야길 한 거냐며 쏘아보았지만, 텔레파시는 통하지 않았다. 미래는 가운데 안전벨트를 자신의 배 위로 단단히 맸다.

장 씨 아주머니는 운전하면서 음악을 틀었다. 게임할 때 브금으로 깔릴 법한 일렉트로닉 힙합이었다. 리듬에 맞춰 고개를 까닥거렸다. 미래 역시 목을 앞뒤로 왔다 갔다 하며 리드미컬하게 움직였다. 난 그 움직임에 동참하지 않았다.

시끄러운 음악 속에서 혼자 딴생각에 빠져 있었다. 난 그 남자를 보러 가는 게 아니다. 서울 거리를 걷고 싶어 하는 미래를 위해 일찍 나선 것뿐이다. 방학 숙제를 하려고 가는 거다. 2의 저항을 하러 가는 거다.

일곱 살 때 도망친 이유는 커갈수록 동생과 나의 격차가 더 벌어질 게 뻔해서였다. 남자가 그런 나를 보며 동생처럼 유전자 조합을 하지 않은 걸 후회하는 모습을 보고 싶지 않았다. 고로, 난 그 남자의 집에서 잘 생각이 없었다. 어젯밤 서울에 있는 청소년 쉼터도 다 알아보았다. 365일 24시간 연중무휴 개방되는 곳이 있었다.

중간에 휴게소에 들른 것까지 꼬박 세 시간 동안 일렉트로닉 지옥에 갇혀 있었다. '여기서부터 서울입니다' 표지판이 이토록 반가울 수가 없었다. 서울로 들어가는 경계 지점 갓길에 장 씨 아주머니가 트럭을 세웠다.

"태워다 주셔서 고맙습니다."

미래와 함께 예의 바르게 인사했다. 장 씨 아주머니는 바로 출발하지 않았다.

"서울 거리를 걷는 게 네 꿈이라고? 언제부터?"

"서울 지하 터널에서 공사할 때부터요. 저도 언젠가 꼭 지상으로 올라가서 사람들처럼 걷고 싶었어요."

미래가 또박또박 대답했다. 미래는 아동용 멜빵바지에 발목을 덮는 장화를 신고 손에는 하얀 면장갑, 머리에는 캡 모자를 쓴 후 그 위로 후드까지 눌러쓴 뒤 천으로 된 마스크를 착용한 상태였다. 장 씨 아주머니는 잠자리 선글라스를 벗어서 미래에게 씌워주었다.

"절대 붙잡히지 마라. 알았지?"

"절대 안 붙잡혀요!"

장 씨 아주머니는 미래의 머리를 손바닥으로 꾹 눌러준 뒤 다시 트럭에 탔다. 서랍에서 여분의 선글라스를 꺼내서 착용한 뒤 나를 보았다.

이번엔 내 차례인가? 아버지를 만나는 게 네 꿈이냐, 언제부터냐 물으면 눈 하나 깜짝 않고 거짓말해야지. 나는 숨을 크게 들이마시고 대답을 준비했다.

"근데 넌 꿈이 가우디가 뭐냐. 아무리 대단한 사람이래도 이미 죽은 지 오래된 옛날 사람이랑 똑같아지는 거라니, 그게 무슨 꿈이라고. 꿈을 좀 크게 가져라. 간다."

아직도 배달 안 한 거냐는 사장의 독촉 전화에 지금 가고 있다고 크게 대꾸하면서 장 씨 아주머니가 트럭을 몰고 갔다. 억울했다. 미래의 꿈은 응원하면서 내 꿈은 왜! 이 여행은 내 꿈 때문에 시작된 건데.

"인류야, 빨리 가자."

미래가 재촉했지만, 발이 떨어지지 않았다. 트럭이 멀어진 방향을 쏘아보며 물었다.

"너도 내 꿈이 시시하다고 생각해?"

15

"아니. 한 번도. 전혀."

너무 영혼이 없어서 헛웃음이 나왔다. 나는 방어적으로 팔짱을 끼고 물었다.

"넌 내 꿈에 관심도 없지? 네 꿈을 이룰 생각에만 설레지?"

"난 가우디를 몰라. 네 꿈에 대해 나한테 이야기하지 않았잖아."

"내가 얘기 안 했나?"

가우디 이야기를 한 사람은 박 씨 아저씨밖에 없었다. 박 씨 아저씨가 할아버지에게 말했을 거고, 할아버지가 장 씨 아주머니에게 말한 것 같았다. 지금쯤이면 공장 아저씨들 모두 알고 있을지 몰랐다. 본의 아니게 내 꿈을 떠벌리고 다닌 꼴이 되었다. 이 로봇만 빼고.

"가우디가 누구냐면…….."

"가면서 얘기하면 안 돼?"

미래는 한시라도 빨리 서울 거리로 가고 싶어 했다. 안전모 앞에 설치된 카메라를 켜면 녹화 시작이었다. 나는 버튼을 누르지 않았다. 나만의 세계관을 정한 지 며칠 만에 모든 게 송두리째 흔들리고 있었다. 이건 나답지 않았다. 더는 내 발밑이 흔들리게 두지 않을 거다.

"가우디가 되고 싶어. 사람들이 스페인 바르셀로나에 가는 가장 큰 이유는 그의 건축물 때문이야. 유네스코에 등재된 작품만 일곱 개니까."

가우디의 건축 스타일은 독보적이었다. 돌로 건축물을 짓기 위해 중력을 이겨내는 현수선 아치를 이용해 대성당을 완성했다. 가우디는 직선만이 통용되던 틀을 깬 천재였다. 곡선과 과감한 색채 사용은 오늘날까지 많은 예술가에게 영감을 준다. 나도 가우디의 팬이다.

"사그라다 파밀리아 성당은 가우디 사망 100주기에 완공됐어. 제대로 된 설계도도 없었는데도 후세 사람들이 한 건축가의 세계관을 그가 죽은 뒤에도 묵묵히 이어간 거지. 그 성당은 로봇이 아닌 인간의 힘으로 시작해서 오직 인간의 힘으로 마무리 지었어."

인간의 힘으로 완공한 마지막 건축이란 말은 덧붙이지 않았다. 내가 끊어진 그의 세계관을 이을 거니까. 2029년부터 로봇 시대가 열리면서, 가우디 성당은 로봇이 설계부터 공사에 참여하지 않은 문화 유산으로 남았다.

"가우디는 중력을 이겨내고 당연하다고 생각되는 것을 깨부쉈어. 난 로봇이 당연하다고 생각되는 세상을 뒤집을 거야. 내 꿈은, 오직 인간의 힘으로 다시 건축하는 거야. 로봇에게 빼앗긴 일자리를 사람들이 가져오게 하는 거야. 나는 역사에 남을 건물을 만들고 싶어."

이번 방학 숙제는 그 꿈으로 가는 첫 발판이었다. 한참 후 미래가 물었다.

"혼자 가고 싶어?"

"……."

"나는 같이 가고 싶어. 서울을 걷는 것만큼 너랑 같이하는 게 중요해."

미래는 햇빛 알레르기가 있는 아이처럼 단단히 무장을 한 채 서 있었다. 자신을 철저하게 가리고서라도 서울시를 걷고 싶어 했다. 왜?

"왜 서울시를 걷고 싶어? 진짜 이유가 뭐야?"

"구형 로봇들은 못 걷게 하니까."

순간 딴딴하게 뭉쳐 있던 어깨에 힘이 탁 풀리면서 입가의 근육이 풀어졌다. 내가 스르르 미소 짓자 미래가 날 보며 고개를 갸웃하고 물었다.

"왜 웃어?"

"어떻게 안 웃냐. 완전 2의 저항인데."

나는 가방을 고쳐 메곤 서울시 환영 표지판을 보며 말을 이었다.

"저 표지판 지나서 서울시에 들어가는 순간 우리는 범법자가 되는 거야."

"범법자."

"가장 짜릿한 건, 마지막 날 서울 밖으로 나올 때까지 누구에게도 절대 들키지 않는 거야. 알았지?"

미래는 대답하지 않았다. 선글라스와 캡 모자, 후드로 가리고 있어 눈이 보이지 않았다. 침묵이 길어질수록 미래가 내 생각을 탐탁하게 여기지 않는다는 게 느껴졌다.

"마지막 반전은? 쿠키 영상에서 내 본모습을 밝히기로 했잖아."

"그건 안 돼. 트레일러 아줌마나 신고 센터 문제로 끝나지 않을 거야. 그러니까 우린 지금부터 일주일 동안 우리만의 저항을 하고 나오는 거야."

"내 뒷모습만 찍을 거야? 마지막에 왜 채널명이 '인류의 미래'인지도 안 밝힐 거고?"

"그걸 밝히는 순간 네 존재를 만천하에 드러내는 건데, 말했듯이 그건 너무 위험해."

"난 상관없어."

"왜 상관없어. 아후, 아까는 네 꿈이 서울시를 걷는 거라며?

그거면 충분하지, 왜 자꾸 남의 방학 숙제에 숟가락을 얹으려고 해?"

내가 일침을 놓자, 미래는 화가 나는지 발을 구르며 갓길을 뱅글뱅글 돌았다. 한참 후 미래가 팔짱을 딱 낀 채 삐딱하게 말했다.

"이 방학 숙제가 성공하면 로봇은 앞으로 일을 못 한다는 거 아니야?"

굉장한 비약이었다. 특별 고등학교 입학, 건축가로 성공, 끝내주는 건축을 오직 인간의 힘으로만 만든다는 모든 과정을 생략하고. 나는 턱을 매만지다가 대충 고개를 끄덕였다.

곧이어 미래가 손을 내밀었다. 나는 미래의 손을 잡았다. 맞잡은 두 손이 위로 아래로 절도 있게 움직였다. 비즈니스 악수를 함으로써 각자의 목표를 확실하게 인지한 뒤 우리는 앞쪽을 향해 몸을 돌렸다. 내가 카메라를 켜는 사이 미래가 총총 앞서 걸었다.

"내 뒷모습 찍기로 했잖아. 잘 따라와."

나는 씨익 웃으면서 미래가 찍히지 않도록 고개를 바짝 들었다. 그 장난은 얼마 가지 못했다. 미래가 내 앞에서 콩콩 뛰었다. 자신을 찍으라고.

"알았어. 그만 좀 보채."

"애 취급하지 마. 너보다 나이도 많으니까."

"언제는 일곱 살이라며."

"'아마' 일곱 살이랬지. 다시 잘 생각해 보니까, 내가 너보다 훨씬 형인 것 같아."

미래와 티격태격하며 서울시 도심을 향해 걸었다. 언덕을 넘어가자 우리 앞에 서울시가 한눈에 들어왔다. 우리는 언덕에 서서 서울시를 내려다보았다.

멀리서 보는 서울은 너무 아름다웠다.

16

도시는 평화로워 보였다.

길게 웃자란 파란 풀과 이국적인 보랏빛 꽃들과 길쭉한 붉은 대가 곳곳에 조성되어 있고, 나무들이 풍성하게 그늘을 만들고 있었다. 100층이 넘어가는 수많은 건물과 공원이 조화를 이루는 이곳은 꼭 미래 도시 같았다.

나는 서울로부터 얼추 차로 세 시간 떨어진 곳에 살았다. 세 시간의 거리가 삼십 년의 차이를 보여주는 것처럼 느껴졌다. 타임머신을 타고 과거에서 미래로 넘어온 것처럼 어질어질했다. 기묘한 시차였다.

플랫폼 사이트에서 서울시 전경을 찍은 수많은 사진과 동영상을 봤다. 하지만 앱 보정 기능과 CG 효과일 거라고 생각했다. 홍보 영상처럼 모든 사진과 영상이 너무 아름다웠으니까.

내 눈에 서울시 자동 필터가 씌워진 것도 아닐 텐데, 왜 아름답게 보이는 걸까. 나한테만 그런 걸까. 나는 고개를 돌려 미래를 보았다. 미래는 선글라스를 낀 채 서울시를 보고 있었다. 미래 역시 아무 말이 없었다.

잠시 후 미래가 선글라스를 벗으려고 했다. 난 기둥 곳곳에 달린 CCTV를 가리키며 말렸다. 치안 유지와 방범을 목적으로 곳곳에 달아놓은 것이겠지만, 구형 로봇을 잡아내기 위해 설치한 것일지도 몰랐다. 서울시 입성 몇 분 만에 쫓겨날 순 없었다. 미래가 범법자로 낙인찍히도록 두지 않겠다는 결심이 새삼 솟구쳤다.

2의 저항으로 선택한 장소가 이렇게 아름다우면 안 되는 거 아닌가. 이곳은 앞으로 내가 싸워야 할 전장인데. 포성이 난무하고 날아가는 총칼에 피가 낭자한 게임 속에 욱여들어 온 것보다 더 당황스러웠다.

왜 서울시가 아름답고 평화로워 보이는지 한 시간여를 걸은 후 깨달았다. 지상 도로는 2차선이 전부였는데, 주위 도로 사이로 길게 공원들이 조성되어 있어서 차 역시 자연물처럼 녹아 있었다. 고철 공장 소음에 익숙한 나는 고요함에 귀가 먹먹했다.

이 평화는 모두 지하 터널 공사 때문이다. 로봇들의 희생으로 만들어진 거짓 평화다. 나는 아름다운 도시에 마음을 빼앗기지 않도록 정신을 다잡았다.

"진짜 아름답다."

그런데 옆에서 미래가 순수하게 감탄했다. 나는 경솔하다고 눈치를 주었다.

"이거 다 사기야. 그러니까 절대 맘 빼앗기지 마."

"여기가 아름다운 게 싫어?"

"싫다기보단, 좀 짜증 나잖아. 거지 같은 건 지하로 다 밀어 버리고, 위에만 아름답게 꾸며 놓은 건 다 가식이야."

"내가 거지 같아?"

"그게 아니라, 서울시는 우리가 보는 지상이 전부가 아니라는 거지. 그건 나보다 네가 더 잘 알잖아. 막말로, 나보다 네가 더 화나야 하는 거 아냐?"

"내가 왜?"

"넌 햇빛도 못 보고 지하 터널에서 몇십 년을 죽어라 일만 하며 고생했는데, 이 위는 이렇게 아름다우니까."

"……."

내 생각에 열렬히 화답해 주지 않는 미래의 침묵이 불편해져 대답을 재촉했다.

"안 그래?"

"난 서울시가 아름다워서 다행이라고 생각해. 내가 그간 지하에서 일했기 때문에 여기가 아름다운 거니까."

"도시가 아름다우면 다 용서되는 거야? 슬럼화를 이유로 구형 로봇은 지하 물류 터널로 보내 폐기 직전까지 일만 시키는데도?"

"난 모르겠어. 나는 왜 저 사람들처럼 이 도시를 즐길 수 없는 거야? 내 꿈이 이루어졌고 여긴 이렇게 아름다운데, 나는 왜 화가 나야 해?"

"그건······."

나는 거리 곳곳에 설치된 벤치에 앉아 지나는 사람들을 보았다. 반려동물이 도심 한가운데를 걸으며 사람과 산책하고 있었다. 미래가 며칠 전 했던 말이 떠올랐다. 미래는 자신을 이 글비처럼 입양해 달라고 했었다. 나는 단호하게 거절했고.

나는 지금 이 로봇과 뭘 하는 걸까. 도시 산책? 서울 여행? 2의 저항이니 뭐니 하는 것들이 우습게 느껴졌다. 여기에 왜 온 걸까.

엉겨드는 생각을 떼어내려고 벤치에서 벌떡 일어났다.

"방학 숙제 하러 가자."

"어디로 갈 거야?"

"종로로 가자."

미래는 관광객처럼 고개를 좌우로 두리번거리며 걸었다. 그리고 난 입을 벌리지 않기 위해 조심했다. 막 시골에서 상경한 촌놈이 서울 구경에 빠진 것처럼 보이고 싶진 않았다.

한곳에 너무 오래 있으면 이 세상이 얼마나 넓은지 잊어버리는 것 같다. 이제껏 내 생활권은 집을 중심으로 걸어서 세 시간 거리가 끝이었다. 넓진 않아도 부족하진 않다고 생각했는데, 차로 세 시간 거리에 온 지금 그 생각에 금이 가고 있었다.

내가 사는 곳과 서울시는 똑같이 동경 127도, 북위 37도로 측정되는 곳이다. 위도와 경도는 엄청나게 길고 세상은 넓다. 걸으면서 내내 그 생각을 했다.

"왜 첫 번째 장소를 경복궁으로 잡은 거야?"

"궁궐은 상징적이니까."

카메라 녹화 볼륨을 최대치로 높인 뒤 목을 큼큼 풀고 이야기를 시작했다. 소리는 나중에 따로 입힐 생각이었지만, 이 부분은 왠지 써도 될 것 같단 생각이 들었다.

"정치는 오래전부터 건축을 잘 이용했어. 사람들 관심을 사로잡기 위해 궁궐, 음, 다시, 궁전을 이용하기도 했지."

중간에 편집할 생각으로 실수해도 말을 계속 이었다.

"옛날에는 지배층 권력이 셌잖아. 왕권을 궁전으로 보여주는 거지. 궁전이 얼마나 크고 화려하냐가 그 왕의 권력을 보여주는 거였어. 그건 우리나라뿐만이 아니야. 그러다 보니까 좀 과하다 싶을 정도로 무리하다가 망한, 아니, 음, 무리하다가 '패가망신'한 경우도 있지. 인도 무굴 제국 황제는 타지마할을 짓다가 재정 파탄 때문에 왕위를 아들에게 빼앗겼고, 디즈니랜드의 모델로 유명한 노이슈반슈타인 성도 왕이 평생 모은 재산을 산속에 그 성을 짓는 데 다 써서 결국 나라도 자신도 망했지."

미래가 나를 올려다보며 물었다.

"우리는 정치 때문에 망한 건축물을 보러 가는 거야?"

17

얘기가 또 그렇게 되나.

주저리주저리 읊다 보니, 목적을 상실한 채 지식 자랑만 한 꼴이 되어버렸다. 편집할 때 꽤 시간이 걸릴 것 같았다.

"경복궁은 망하지 않았어. 아, 망한 사람이 있긴 하다. 흥선 대원군이 '나라가 바로 서려면 왕실의 권위가 바로 서야 하고 그러기 위해서는 경복궁이 다시 세워져야 한다'고 생각했거든. 돈이 엄청나게 들었고 결과적으로 흥선대원군은 밀려나게 됐지."

나는 휴대폰 검색 내용을 자연스럽게 읽었다. 미래가 나를 삐딱하게 올려다보며 물었다.

"왜 휴대폰 보면서 말해? 네 생각을 말해야지."

"이걸 어떻게 다 외우냐. 어차피 영상은 머리 위에 쓴 모자에 달린 카메라로 찍히니까 고개 위치만 잘 조정하면 휴대폰 보면서 읽는 거 하나도 티 안 나."

"그건 사기야."

미래와의 대화는 무조건 편집이다.

"다 왔다. 저기야."

나는 경복궁을 자랑스럽게 가리켰다. 미래는 탄성을 자아냈다. 경복궁이 세계에서 가장 아름다운 건축물은 아니었다. 하지만 서울에 오면 가장 먼저 경복궁에 가고 싶었다.

"경복궁은 태조가 조선을 건국하고 한양으로 수도를 옮기면서 가장 먼저 지은 궁궐이야. 1394년에 터를 잡았으니 그때부터 건축의 시작으로 본다면 무려 700여 년 동안 한자리에서 이어져 온 역사적 유물이지."

"처음 지은 그대로?"

"원래는 검소하되 누추하지 않고, 화려하되 사치스럽지 않다는 유교 이념을 반영해서 이전 왕들 궁궐에 비해 수수하게 지어졌대. 근데 흥선대원군이 재건할 때 크기도 1.5배가 되고 처음과는 달라졌지. 어쨌거나 이렇게 오랜 세월 한자리에서 이어진다는 건 대단한 것 같아."

수많은 풍파 속에서 한자리를 오래 지킨다는 것은 어떤 의미일까. 이념이 바뀌고, 왕조가 바뀌고, 법이 바뀌고, 하루가 다르게 모든 것이 변하는 시대 속에서. 물론 경복궁이 오늘날까지 이어져 온 건 보호할 가치를 인정받아 사적으로 지정된 이유도 클 것이다.

해가 지면서 노을이 경복궁을 붉게 물들였다. 미래는 궁궐을 휘 둘러본 후 계단에 앉았다.

"네가 왜 여길 첫 번째 탐방 장소로 잡았는지 알 것 같아. 이렇게 오랜 세월 사랑받는 건물을 만들고 싶은 거 아니야?"

심장이 쿵 소리를 내며 떨어지는 것 같았다. '사랑받고' 싶어서였나. 어쩌면. 나는 경복궁처럼 오래도록 사람들에게 이야기되고 사람들이 찾아오는 건물을 만들고 싶었다.

"사랑받는 건물이라고 하니까 좀 오글거리네."

"사랑받는 게 부러워. 이 건물도, 너도."

"뜬금없이 무슨 소리야."

"공장 아저씨들이랑 할아버지 모두가 널 사랑하잖아."

"사랑은 무슨, 할아버지가 얼마나 무뚝뚝한데. 아저씨들은 내가 양말도 챙겨주고 냉장고에 커피도 넣어 놓으니까, 그냥 그런 거지."

"너도 아저씨들이랑 할아버지를 사랑하는구나? 그런 게 사랑이구나."

미래는 무릎을 가슴 쪽으로 당긴 채 혼잣말했다. 선글라스, 마스크, 모자, 장갑 등으로 완전히 가렸는데도 쓸쓸함이 겉으로 드러나는 것 같았다.

"엄마 말이야. 날 정말 사랑한 걸까?"

"그 여자는 널 때렸어. 그건 사랑이 아니야."

"늘 때리지는 않았어. 가끔 너무 힘들면……. 때리고 나서는 늘 나를 안아줬어."

"안아주고 나서는 토닥토닥하면서 귤도 줬어? 조물조물 맛있어져라 주문도 외우고?"

나는 날카롭게 받아쳤다. 미래는 왜 여기까지 와서, 경복궁을 보고 감탄하는 순간에도 그 여자 이야기를 하는 걸까. 미래는 그 여자에게서 영영 벗어날 수 없는 걸까.

"사람이든 동물이든 로봇이든 다른 대상한테 화풀이하는

건 나쁜 거야. 그건 너도 알잖아. 그래서 도망쳐 온 거 아니야?"

"만약에 말이야, 내가 더 잘했으면 달라졌을까? 내가 더 빨리 움직이고, 더 똑똑하고, 진짜 아이처럼 귀엽게 생겼다면."

미래는 경복궁을 방문한 가족들을 보고 있었다. 엄마가 아이의 손을 잡고 경복궁을 보여주며 설명해 주고 있었고, 어떤 아이는 아빠의 목에 목마를 타고 있었다. 방학이라 그런지 대부분이 가족 방문객이었다.

세계관이 중요하고, 못지않게 꿈이 중요하다는 것도 알았지만, 사랑에 대해서는 생각해 본 적이 없었다. 의도적으로 하지 않으려고 했다. 나는 부모의 사랑 속에서 태어난 아이가 아니니까. 더 뛰어난 유전자를 선택해서 나오기를 바란 남자, 자연스럽게 태어날 권리가 있다고 주장한 엄마. 사랑해서 결혼했을지 몰라도 나를 두고 두 사람은 치열하게 싸웠다.

엄마가 살아 있다면 얼마나 좋을까. 엄마가 밑줄 긋고 낙서해 놓은 책을 읽으면서 엄마와 대화하는 것 같다고 생각했지만, 그건 진짜가 아니었다. 엄마를 껴안을 수도, 엄마에게 기대서 투정을 부릴 수도, 엄마의 냄새를 맡을 수도 없었다.

다른 아이들처럼 유전자 조합을 선택하지 않은 것을 두고 엄마를 원망한 적은 없다. 엄마는 나를 있는 그대로 사랑했고 또 사랑할 준비가 되어 있던 거니까.

그런데 만약, 내가 유전자 조합을 해서 태어날 때부터 완벽한 아이였다면 어땠을까. 내 옆에 있는 로봇은 최신형 안드로이드이고, 경복궁을 제집 마당처럼 드나들며 이 도시의 모든 것을 누렸을까. 그 남자를 아버지라고 불렀을까.

생각이 끝도 없이 이어지는 사이, 주위가 어두워졌다. 여름 밤 행사 때문에 경복궁에 사람들이 더 많아졌다. 나와 미래는 콘서트 1열에 자리 잡은 것처럼 계단에 앉아 있었다.

곧이어 까만 정장을 입은 사람들이 커다란 박스를 들고 궁궐로 들어왔다. 사람들이 웅성거렸다. 우리는 자리에서 일어났다. 그들이 박스에서 물건을 꺼내서 리모컨을 누르자, 경복궁 곳곳에 설치된 조명과 어우러지며 푸르스름한 빛이 퍼져나갔다.

로봇으로 만든 고래와 해파리, 수많은 물고기가 공중에 떠서 궁궐을 돌아다니기 시작했다.

"만져봐도 돼요?"

목마를 탄 한 아이가 소리쳤다. 까만 정장을 입은 남자가 크게 고개를 끄덕였다. 곧이어 나는 키가 작은 미래를 위해 몸을 낮춘 후 어깨를 툭툭 쳤다. 목마를 태워주겠다고.

"무거울 텐데."

"이래 봬도 매일 운동으로 다져진 몸이야."

미래는 조심스럽게 내 양어깨에 다리를 벌리고 앉아 머리를 꽉 잡았다. 나는 후우 숨을 내쉬며 몸을 천천히 일으켰다.

"선글라스 빼고 봐."

"누가 보기라도 하면 어떡해."

"밤이라 괜찮을 거야. 선글라스 끼고는 잘 안 보이잖아."

미래는 살짝 선글라스를 내렸다. 고래가 사람들 사이를 유유히 헤치며 돌아다녔다. 아이들이 손을 뻗어서 만지자 고래가 천천히 고개를 돌렸다가 더 위쪽으로 올라갔다. 나는 고개를 들었다. 시야의 끝에 하얀 면장갑이 보였다. 미래도 앞으로 쭉 손을 뻗고 있었다.

고래가 우리 쪽으로 몸을 돌려왔다. 나도 손을 뻗었다. 미래가 한 손으로는 내 안전모를 꽉 잡고, 다른 손은 더 위로 뻗었다. 곧이어 미래와 나의 손을 스치고 고래가 쭈욱 미끄러져 하늘로 올라갔다.

그 순간 우리의 머리 위로 날아간 것은 로봇이 아니라 고래였다. 이곳은 물빛이 아른거리는 판타지 세계였고 나 역시 주인공이 된 기분이었다. 찰나처럼 스쳤지만 경이로운 순간이었다.

평생 잊지 못할 밤이었다.

18

폐장 안내에 따라 경복궁을 나왔다.

머리 위를 날던 고래, 그리고 고래의 지느러미와 스치던 순간의 흥분이 손끝에 남아 있었다. 밀물처럼 나오는 인파 속에서 미래의 손을 잡았다. 미래는 조그맣게 물었다.

"손은 왜 잡는 거야?"

"너 지금 선글라스 꼈잖아. 앞이 잘 안 보이지 않아?"

"난 지하 터널에서 공사했잖아. 어둠 속에서도 잘 보여."

그래도 손을 놓지 않았다. 사람들이 많아서 잠깐 정신 놓는 순간 미아가 될 수도 있으니까. 경복궁 밖으로 나온 뒤 해태 조각상 옆에 서서 미래가 물었다.

"우리 이제 어디로 가?"

"저녁 도시락 사서 먹고 쉼터로 가자. 알아봤는데, 서울에 청소년 쉼터가 세 군데 있더라고. 그중에서 여기가 괜찮을 것 같아."

휴대폰으로 검색 내용을 보여주려고 찾는데, 옆이 소란스러웠다. 몇몇 사람들이 짜증이 그을음처럼 밴 어조로 구시렁거렸다.

"기분 잡치게 저게 뭐야."

"혼자만 의식 있는 척하는 거지."

"지겨운 하트헌터들."

경복궁 앞에서 한 소녀가 커다란 판을 목에 걸고 1인 시위 중이었다. 맙소사. 등줄기로 땀이 쭉 흘렀다. 곧 나와 눈이 마주친 해림이 토끼처럼 총총 뛰어와 내 앞에 섰다.

"어! 인류 오빠! 진짜 서울에 왔네? 여기서 뭐 해?"

"너야말로 왜 여기 있어? 나 보라고 시위 중인 거야?"

"지구는 오빠를 중심으로 돌지 않아. 내가 또 '지나치게' 오빠를 신경 쓰고 있다고 생각하는 것 같은데, 여기서 시위 중인 건 오빠랑 상관없다고. 난 오빠가 경복궁에 올 줄도 몰랐는데?"

해림의 목 아래쪽을 보았다. 판이 커서 몸통 전체를 가리고도 무릎 아래쪽까지 내려와 있었다. 판에 꾹꾹 눌러쓴 글씨로 적힌 내용을 훑는 사이 해림이 믿을 수 없다는 듯 말했다.

"설마 경복궁 행사 보러 온 건 아니지? 뭐야. 그래서 온 거야? 오빠도 다른 사람들처럼 궁궐 하늘 위로 고래가 날아다니는 모습에 감동받은 거야?"

"……네가 무슨 상관이야."

"저건 다 사기야. 저런 행사에 참여하는 것 자체가 잘못된 거라고."

해림은 학교에서 본 모습과는 너무 달랐다. 쌈닭처럼 물러설 줄 몰랐다.

"오늘 경복궁 행사에서 컬래버레이션 한 영화가 무슨 내용인지 봤어? 왜 경복궁 하늘에 해파리가 움직이고 고래가 날아다니는지 알아? 물에 잠긴 경복궁을 표현한 거라고."

"나도 알아. 행사 이름이 '수중궁궐'이니까."

"그럼 왜 경복궁이 물에 잠겼다고 콘셉트를 잡은 건지도 알아? 영화 때문이야. 지구 온난화로 모든 곳이 물에 잠기고 난 뒤 바닷속 생명체들이 도시를 헤엄치는 장면을 표현한 거라고."

해림이 씩씩거리자, 미래가 해림의 바지를 잡아당기며 물었다.

"해파리, 물고기, 고래가 지구를 점령하는 거였어?"

"넌 누구니?"

"난 미래야. 넌 누구야?"

"난……. 너 왜 인류 오빠랑 손잡고 있어?"

미래와 해림이 속공하듯이 질문을 서로에게 던졌다. 나는 미래 앞을 가로막으며 해림에게 딴 길로 새지 말고 아까 하던 얘기나 마저 끝내라며 차갑게 말했다.

"영화일 뿐이잖아. 영화에 과몰입해서 현실 구분 못 할 만큼 어린 거야?"

"어리지 않아. 나도 중2야. 오빠랑 똑같다고."

"'오빠' 소리는 좀 빼지?"

"그럼 뭐라고 불러? '인류'라고 부르는 건 싫잖아?"

1인 시위 중이어서 아드레날린이 폭주하는 걸까. 아니면 이게 원래 해림의 모습일까. 해림은 카랑카랑한 목소리로 제 생각을 밝혔다.

"어쨌든 그런 영화는 망해야 해. 홍보비 지원받고 행사를 진행한 주최 측도 반성해야 하고. 우리도 이런 걸 봐선 안 돼! 그럼 자꾸 생각 없이 저런 걸 만들 거라고."

"고래가 싫어? 아니면 해파리?"

미래가 해림을 올려다보며 물었다. 해림은 미래를 짠하게 내려다보며 말했다.

"고래나 해파리가 문제가 아니야. 지구 온난화가 중요한 거지. 그걸 일으킨 주체가 중요한 거고!"

"영화에서 인간을 비방해서 싫은 거야? 유전자 조합 인간들이 절대 지구를 위해 나쁜 짓을 할 리 없는데?"

내가 비꼬자, 해림이 고개를 내 쪽으로 돌리며 말했다.

"영화 안 봤지?"

뜨끔했다. 해림은 경복궁을 정리하고 나오는 까만 정장을 입은 사람들을 가리켰다.

"영화에서는 지구 온난화를 일으킨 게 저 까만 양복을 입은 자들이야. 외계인들이 지구를 점령하려고 온난화를 일으켜서 물의 도시를 만들었다고 그런다고."

나는 고개를 돌려 그들을 보았다. 인간의 모습을 한 외계인이었나? 〈판타스틱 물의 도시〉를 검색했다. 영화는 지구 온난화의 음모론을 그린 코미디 액션 블록버스터였다.

"지구 온난화 책임을 외계인에게 미루다니, 그런 말도 안 되는 영화가 어디 있어. 게다가 온난화로 만들어진 물의 도시가 아름다우니 빙하가 녹고 해수면이 높아져도 다 괜찮다는 식으로 얘기하고 있다고! 영화가 천만 관객을 앞두고 있어. 이런 행사를 계속하니까 사람들이 보는 거야. 행사도 다 막아야 해."

나는 미래에게 영화 검색 내용을 보여주었다. 해림처럼 이 영화가 끼칠 악영향을 걱정하는 환경주의자들도 있었지만, 대부분은 난 재미있었는데 뭐가 문제냐는 반응이었다. 외계인은 인간을 비유적으로 상징한 것이 아니냐, 주체를 떠나 지구 온난화의 위험성과 끔찍함을 드러내려 한 것 같다며 옹호하는 입장도 팽팽하게 맞섰다.

"영화를 다큐로 받아들이지 마. 이건 상징이고 비유야."

내가 댓글을 근거로 영화를 옹호하자, 해림은 패드로 검색해서 감독의 최근 인터뷰를 보여주었다. 영화를 두고 논란이 되는 쟁점에 대해 어떻게 생각하느냐는 물음에, 감독이 이해가 되지 않는다는 듯이 이맛살을 찌푸리고 어깨를 으쓱한 뒤 손가락을 하나씩 접으며 강조했다.

"이 영화는 코믹, 액션, 블록버스터예요. 제발, 영화를 영화로 즐기세요. 돈 비 시리어스."

해림은 화면을 터치해 일시 중지시키고 나를 똑바로 보며 물었다.

"그저 즐기면 되는 거야? 영화는 다큐가 아니니까?"

"……."

몇 분 전 경복궁에서 느꼈던 감동이 파사삭 깨졌다. 머리 위를 날아가는 고래의 배에 손이 닿은 순간 기술의 발전에 감사한 마음까지 들었는데. 고래는 고래고, 영화는 영화일 뿐이라고 딱 잘라 분리하고 싶었다. 하지만 내 감동을 지키자고 그럴 순 없었다.

오래전 할아버지와 본 외계 생명체의 지구 침공 영화가 떠올랐다. 그 영화에서는 외계 생명체가 기계였다. 이번에 개봉한 영화에서 외계인은 인간의 몸을 숙주로 삼은 또 다른 행성의 외계인들이었고. 옛날부터 사람들은 자꾸 빌런을 외계에서 끌어왔다. 우리 인간을 위협하는 적은 저 은하계 너머에 있다고.

고개를 뒤로 젖혀 하늘을 보았다. 날아다니는 고래는 없었고, 멀리 깜깜한 하늘에는 별이 보이지 않았다. 구름이 잔뜩 끼어 있었다.

겉으로 보이는 게 아름답다고 모든 게 용서되지는 않는다. 아름답고 멋져 보인다는 이유로 그 화려함에 속아 함부로 내 마음을 빼앗기고 싶지 않다. 미래와 함께 이 여행에 나서면서 나는 마음이 점점 단단해지는 것을 느꼈다. 나는 눈을 내려 내 앞의 해림을 보았다.

해림이 학교에서와는 다르게 보였다.

19

"짜증 나게 왜 길을 막고 서 있어."

지나던 사람이 해림을 툭 치고 갔다. 행사 마지막 날까지 시위하는 게 고깝다고 툭 민 것이다. 해림이 휘청하자, 안드로이드가 달려왔다. 안드로이드는 한 손으로 해림을 붙잡아 바로 세웠다. 안드로이드의 다른 손에는 디지털 캠코더가 들려 있었다.

"방학 숙제 중이었어?"

대단한 척하더니 너도 영상을 노리고 작위적으로 행동한 거 아니냐고 쏘아붙이려는데, 해림이 먼저 이야기했다.

"오빠도 방학 숙제 중이잖아."

내 머리 위에도 카메라가 달려 있었다. 주위를 둘러보면 우리처럼 카메라로 자신의 일거수일투족을 찍고 있는 중2를 더 찾을 수 있을 것 같았다.

구름 낀 하늘에서 비가 장대처럼 쏟아지기 시작했다. 나는 미래의 손을 끌고 광화문 성벽 아래로 들어가 비를 피했다. 가방에서 우의를 꺼내는데, 몇몇 사람들이 미래를 힐끔거렸다. 몸을 가린 옷이 비에 젖자 하얀 면장갑을 낀 손과 밤인데도 선글라스를 낀 모습이 더 도드라져 보였다. 틀린 그림 찾기 게임을 하듯 사람들의 눈에 힘이 들어가 있었다.

"저거 혹시 로봇 아니야?"

"에이, 설마. 저렇게 작은 로봇이 어디 있어."

속삭이는 소리가 송곳처럼 파고들었다. 뼈가 도드라져 보이는 로봇 특유의 손을 눈치챌까 봐 서둘러 우의를 입혔다.

"차 도착했대. 가자."

해림이 나를 향해 말했다. 차가 광화문 앞에서 깜빡이고 있었다. 어느새 이동한 안드로이드가 운전석에 앉아 있었다. 난 가지 않겠다고 할 생각이었다. 그런데 미래가 우의 후드를 조여주는 내 손을 붙잡고 작게 말했다.

"우리 차에 타자. 빨리."

우리는 서둘러 차 뒷좌석에 탔다. 사람들의 시선이 부담스러워서 차에 타긴 했지만, 여길 벗어나면 바로 내릴 생각이었다. 나는 조수석을 보며 해림에게 말했다.

"광화문역에 내려줘."

"뭐 하러. 어차피 집에 갈 건데."

"거기 안 가. 따로 잘 곳도 알아봤어. 할아버지 연락 오면 알아서 할 테니까 차 세워."

"어디 갈 건데? 할아버지가 호텔은 안 된다고 했다며?"

"청소년 쉼터."

해림은 그럴 줄 알았다며 미래를 턱짓으로 가리켰다.

"비 오는 밤에 선글라스 끼고 머리부터 발끝까지 옷이 젖은 아이가 돌아다니면 어딜 가도 눈에 띄어. 로봇이란 걸 모른대도, 아동 학대 의심으로 신고 들어올 수도 있어."

그것까지는 생각해 보지 못했다. 괴상한 차림새의 여행객처럼 보이려고 나도 20세기 광부 소년 콘셉트로 입은 건데. 꼼꼼하게 계획을 세우고 나왔다고 생각했지만 빈 구멍이 많았다.

"내가 로봇인 걸 어떻게 알았어?"

미래가 묻자, 해림은 휴대폰으로 문자를 두들기며 대답했다.

"아까 사람들 얘기 듣고 설마 했는데, 오빠가 바로 차에 타는 거 보고 알았어."

경복궁 문 안쪽으로 비를 피했던 사람들도 알았을까. 누가 혹시 오지랖 넓게 신고했을까. 신고 뒤에 벌어질 일이 줄줄이 걱정되었다. 오래된 궁궐은 어떻게든 보존하면서, 구형 로봇은 폐기되어야 하는 현실이 씁쓸했다. 남길 것과 사라질 것을 정하는 것은 대체 누구일까.

장대비가 쏟아지기 시작해 바깥이 잘 보이지 않았다. 차가 천천히 아래로 움직였다. 미래가 내 팔을 꽉 잡았다. 지하 터널에 도달한 차량이 선로에 안착하고 몇 초 지나지 않아 달리기 시작했다. 주행 속도가 가볍게 200킬로미터를 넘어갔다.

"얼마 전에 뉴서울 24지구로 이사 갔어. 금방 도착할 거야."

뉴서울은 기존의 도시를 확장해서 외곽으로 넓힌 지역이었다. 지하 터널 자율 주행 도로를 건설하면서 단시간에 이동이 가능해지자 주변 지역을 뉴서울이란 이름으로 흡수 통합했다.

얼마 지나지 않아 다시 지상으로 나왔고 코너를 돌자마자 초고층 주상복합 아파트에 도착했다. 나와 미래가 차에서 쭈뼛쭈뼛 내리는데 해림의 휴대폰에서 벨소리가 울렸다.

"통화 좀 하고 갈 테니까 먼저 올라가. 9801호야."

안드로이드가 주차하는 동안 해림은 먼저 가라고 나한테 손짓했다.

"왜 자꾸 전화해. 그 얘긴 끝났잖아. 숙제 주제는 내가 정하는 거야. 엄마가 아니라 내가 하는 거잖아. 싫어, 내가 왜. 싫은데 이유가 꼭 필요해?"

한 무리의 가족이 승강기 쪽으로 걸어오고 있었다. 여러 사람과 부딪히면 관심이 또 쏟아질까 봐 잽싸게 미래와 승강기에 탔다. 승강기엔 우리 둘밖에 없었다.

"괜찮아? 아까 갑자기 지하 터널로 들어갔잖아."

"난 공사용 로봇이라 폐소공포증은 없어."

미래는 괜찮은 척했다. 터널에서 미래가 내 팔을 꽉 잡던 게 떠올랐지만, 어쩌면 정말 괜찮은 건지도 모른다. 야산에 토막 로봇을 찾으러 갈 때 술에 취한 아저씨를 보고 외웠던 이상한 주문을 말하지 않았으니까. 두려움에도 단계가 있을까.

미래가 나를 올려다보며 대뜸 물었다.

"너도 괜찮아? 좀 있으면 만날 텐데."

상관없다고 쿨한 척 대답하려는데, 띵 소리와 함께 98층에서 문이 열렸다. 대뜸 초인종을 누를 생각은 들지 않았다. 여기서 잠깐 기다리자며 내가 미래의 몸에서 우의를 벗기는 사이, 승강기가 도착해 안드로이드와 해림이 내렸다.

"왜 아직 안 들어갔어? 나 기다린 거야?"

"얼른 문 열어. 참, 화장실 위치는 어디야?"

"들어가자마자 왼쪽."

해림은 엄지를 분주히 움직여 문자에만 집중했다. 나는 짧게 한마디 했다.

"문."

"오빠가 열어. 지문 인식이야. 이사 오면서 전에 있던 집에서 도어락도 그대로 가져왔어."

벌써 팔 년 전인데. 언제든 들어와도 된다고 나에게 보여주고 싶었던 걸까. 해림이 휴대폰 전원을 꾹 누른 후 나를 보았다. 짧게 한숨을 쉰 뒤 해림이 엄지를 도어락에 대며 말했다.

"엄마는 이모들이랑 크루즈 여행 갔고, 아빠는 출장 중. 집엔 아무도 없어."

해림은 먼저 문을 열고 들어갔다. 나와 미래가 들어온 후 안드로이드가 마지막으로 문을 닫았다. 꼭 안드로이드가 우리의 보호자 같았다.

신발을 벗고 미래와 화장실로 들어갔다. 팔을 들게 한 후 젖은 옷을 벗긴 다음 가방에서 새 옷을 꺼냈다. 가져온 옷도 군데군데 좀 젖어 있었다.

"어차피 로봇인 거 들켰는데 이따 마르면 입자."

"나도 옷 입을래. 안드로이드는 옷 입고 있잖아."

나는 고개를 빼서 화장실 밖을 보았다. 해림은 거실에서 패드로 영상을 편집 중이었고 안드로이드는 주방에서 저녁을 준비 중이었다. 안드로이드는 청바지에 셔츠 차림이었다.

"그럼 옷만 입자."

옷을 갈아입고 화장실에서 나오자 해림이 감탄했다.

"우와. 그렇게 생긴 눈은 처음 봐. 그래서 선글라스를 꼈던 거구나?"

해림은 쪼르르 달려와 자세를 낮추고 미래와 눈을 맞추었다.

"눈 완전 멋지다."

"진짜?"

"이런 아날로그 감성 너무 좋아. 진짜 로봇 같아."

자신감을 얻은 미래가 마스크까지 홀러덩 벗었다.

"입이 없네? 와아! 마스크 안에 또 마스크라니. 대박."

해림이 두 손을 겹쳐 제 입을 가리고 순수하게 감탄했다. 하지만 난 해림이 미래를 신기한 동물처럼 보는 것 같아서 불편했다. 적당히 좀 하란 식으로 말이 날카롭게 나갔다.

"너 원래 그렇게 호들갑스러웠어?"

"원래 이래. 학교에선 오빠한테 잘 보이려고 내 성격을 '지나치게' 누르고 있어서 눈치 못 챘겠지만."

해림은 말 나온 김에 한다는 식으로 돌직구를 던졌다.

"근데 오빠는 내가 왜 싫어? 이 로봇은 좋아하면서."

20

해가 뜨자마자 미래와 집을 나왔다.

안드로이드는 충전 중이었고, 해림은 자고 있었다. 승강기 앞에서 미래가 물었다.

"우리 지금 도망가는 거야?"

"그런 거 아니야."

"근데 왜 조용조용 움직여?"

"귀찮으니까."

1층에 내리자마자 종종걸음으로 속도를 냈다. 옆에서 미래는 주위를 두리번거렸다.

"여긴 온통 집과 상가밖에 없네?"

"뉴서울은 베드타운이니까."

"건물들이 되게 높고 멋진데, 저건 안 찍어?"

"저런 건물들은 흔해. 십 분짜리 영상에 세상 모든 건물을 다 담을 수도 없고."

"그럼 이제 어디로 가?"

나는 정류장에서 공공버스를 기다리며 계획을 알려주었다.

"건물을 총 세 개 찍을 거야. 경복궁 다음은 패션디자인센터. 버스 왔다."

공공버스 문이 열리자, 난 입이 벌어질 만큼 깜짝 놀랐다. 버스 운전자가 없었다. 내가 멈칫하자 맨 앞자리에 앉은 할머니가 친절하게 말해주었다.

"로봇 운전기사는 없어진 지 며칠 됐어. 무인 시스템이니까 걱정하지 말고 타렴."

우리가 버스에 오르자 AI 음성이 들려왔다.

"두 명입니다. 대인, 소인."

위쪽에 설치된 CCTV가 우리의 형태를 찍어서 파악했다. 카드를 꺼내 기기에 대자 두 명 요금이 차감되었다. 앞에서 두 번째 자리에 앉았다. 모두가 자리에 앉았는지 천장에서 스캔이 이루어진 후 버스는 출발했다.

휴대폰으로 검색한 뒤 미래에게 말해주었다.

"공공버스는 며칠 전까지 아인 시리즈 중 하나가 운전했었어. 근데 갑자기 계약이 종료됐대. 그래서 버스를 무인 시스템으로 운영하는 거야."

나는 휴대폰으로 아인을 보여주었다. 매끈한 헬멧 모양 머리와 길쭉한 팔다리가 아인의 시그니처였다. 미래는 물류 터널에서 일할 때 아인을 본 적 있다며 속삭였다.

"근데 왜 아인이 갑자기 교체된 거지? 기사에는 안 뜨는데."

"무슨 법 때문에 전량 수거됐다던데, 그 구형 로봇들이 도시에 위험하다는 법 있잖니."

앞쪽에 앉은 할머니가 몸을 뒤로 돌려 우리를 향해 이야기했다. 미래가 똑부러지게 말했다.

"도시 미관법이요."

"맞아. 서울은 하루가 다르게 너무 많이 바뀌어서 따라가기가 힘들구나."

나는 휴대폰 화면을 바쁘게 두들기던 엄지를 멈추고, 할머니에게 물었다.

"아인 시리즈는 최신형 아닌가요? 계속 업그레이드를 했다고 들었는데."

"그건 잘 모르겠구나. 나도 서울 시민은 아니어서. 얼마 전에 딸 집에 놀러 왔거든."

할머니는 휴대폰으로 손녀 사진을 보여주었다. 나는 꼬마가 춤추고 노래하는 영상에 귀엽다고 칭찬하면서도 속으로는 다른 생각을 했다. 서울시와 대중교통 관련해서 공식적으로 계약한 아인조차 하루아침에 내쳐지다니. 대체 구형 로봇의 기준이 뭘까. 내부를 업그레이드해도 구형 로봇인 건 변하지 않는다는 건가. 뭐가 위험하다는 거지.

"로봇도 없이 무인 시스템으로 운행하는 것 자체가 위험한 거 아닌가."

툭 혼잣말을 뱉었다. 주위 분위기가 싸해졌다. 모두가 우리를 쳐다보고 있었다.

할머니가 침묵을 깨고 쓸쓸하게 말했다.

"위험하지. 근데 어쩌겠니. 법이 그렇다는데. 모든 대중교통 운전기사를 로봇으로 바꾸겠다고 발표했을 때 사람들이 시위하던 게 엊그제 같은데. 그런데 이번엔 조용하네. 시위도 없고 기사도 뜨지 않고."

사선에 앉은 30대로 보이는 여자가 할머니의 말을 받았다.

"로봇이니까요. 직업이 생존과 관련 없으니까 명령대로 따르는 거겠죠. 근데 좀 슬프다. 난 아인이 친절해서 좋았는데."

우리 주위에 앉은 사람들이 저마다 생각에 잠겨 고요했다. 30대 여자가 나를 보며 물었다.

"얘, 너 머리 위에 진짜 카메라니? 이거 다 찍는 거야?"

"생방송은 아니지만 지금 끌게요. 영상 편집할 때 이 장면을 쓰게 되면 주위 분들은 다 모자이크하고 음성 변조해서 올릴게요."

"난 영상 올라가도 괜찮은데?"

30대 여자는 투명 고글처럼 생긴 선글라스를 끼며 내 쪽을 향해 눈을 깜빡깜빡했다. 카메라 기능이 있는 선글라스인 걸 보니 하트헌터 같았다. 30대 여자는 나에게 어떤 영상을 찍는 거냐며 계속 질문했다. 모두의 시선이 나에게 쏠렸다.

"방학 숙제예요. 영상을 만들어서 채널에 올려야 해요."

뒤쪽에 앉은 청년이 자기 동생도 중2인데 채널에 올리는 숙제 때문에 골머리라면서 대화에 참여했다. 나는 과도한 관심이 부담스러워 빨리 내리고 싶었다.

"동생이랑 옷을 맞춰 입었네? 영상에 같이 출연하는 거야?"

"아, 그게……."

내가 우물쭈물하자 미래가 불쑥 나섰다.

"동생 아니고 제가 형이에요. 주인공도 저고요!"

할머니가 귀엽다며 웃음을 터뜨렸다. 나는 가만히 좀 있으라고 팔꿈치로 미래를 쿡 찔렀지만, 미래도 질 수 없다는 듯 나를 쿡 찔렀다.

"20세기 레트로 형제 같네. 콘셉트 좋다야."

30대 여자의 칭찬에, 뒤쪽에 앉은 청년이 불쑥 물었다.

"근데 방학 숙제 주제를 뭘로 잡았니? 내 동생은 아직 주제도 못 잡았던데."

"건축이요."

내가 대답하자 할머니가 눈을 반짝이며 물었다.

"네 꿈이 건축가니? 서울에서 어떤 걸 찍을 거니?"

"벌써 찍었어요. 어제 경복궁에 갔거든요. 지금은 패션디자인센터 가는 길이고요."

미래가 대답을 가로채고 주저리주저리 말했다. 안 되겠다 싶어서 하차 버저를 누르려고 하자, 미래가 내 손을 자연스럽게 막으면서 나에게 불쑥 물었다.

"패션디자인센터 다음으로 세 번째는 어디로 갈 거야?"

"그건, 차차 생각해 봐야지."

청년이 실시간으로 중계하듯이 문자질을 하고 있어서 말을 아꼈다. 세 번째 장소는 정해져 있었다. 서울시에서 공사 중인 특별 고등학교였다. 내가 아직 마지막 장소를 정하지 않았다고 생각했는지 30대 여자가 조언했다.

"로봇파크 어때? 거기 곧 개장하잖아. 불꽃 축제도 하고 엄청 화려할 거라던데."

사람들은 로봇파크 기사를 공유하며 활발하게 이야기했다. 청년은 로봇파크에서 새롭게 출시될 반려봇에 관심이 크다며 기대감을 드러냈다. 새로 나올 반려봇은 평생 2개월 정도의 강아지 외형으로 키울 수 있는 데다 똥오줌도 안 싸고 선택 옵션이 많다며 흥분했다.

이야기 홍수에 내려야 할 곳을 세 정거장이나 지났다. 대화가 잠깐 끊긴 틈을 타 일어서자 할머니가 로봇파크 개장 때 보자며 손을 크게 흔들었다. 내가 어색하게 네네 하면서 고개를 주억거리는 동안 미래는 할머니를 향해 손을 흔들었다.

버스에서 내려서 걷는 길에 미래가 나를 올려다보며 물었다.

"근데 패션디자인센터는 왜 가는 거야? 그곳도 경복궁처럼 멋있어?"

"지금 해체 공사 중이거든."

21

해체 공사가 이제 막 시작되고 있었다.

안전 문제 때문에 우리는 멀리 떨어진 고층 건물 커피숍에서 그 모습을 보았다. 헬멧에 부착된 카메라에는 줌 기능이 따로 없어서 휴대폰으로 찍으며 미래에게 말했다.

"전통적이고 획일적인 방식에 반기를 들면서 지은 해체주의 건물이야."

종이를 구긴 다음 우연으로 만들어진 모양에 점을 찍은 후 그 곡선을 살려 만든 건물이었다. 건축 당시 찬사와 지탄을 동시에 받았었다. 예측할 수 없는 곡선으로 이어진 외양은 새롭다는 점에서 찬사를 받았지만, 건축 당시 주변의 건물들과 어울리지 않는다는 비판 역시 압도적으로 많았다. 그 후 다른 건축물들이 다양화되면서 패션디자인센터는 한동안 서울시 시그니처로 자리 잡기도 했었다.

그 기간은 얼마 가지 못했다. 다른 대도시들처럼 서울시도 대

대적인 정비에 들어갔고, 새로 지어지는 건물은 무조건 20층 이상이어야 했다. 공간의 효율성을 극대화하기 위해서였다.

"저 건물은 왜 해체하는 거야? 노후화돼서?"

"이 주변이 다 고층인데 저 건물만 5층 높이여서 해체한다고 들었어."

"경복궁도 높이가 낮잖아. 저 건물보다 훨씬 더 오래됐고."

"경복궁은 사적 제117호이지만, 저 패션디자인센터는 아니야."

"사적은 무슨 기준으로 정하는 거야?"

"역사적으로 중요한 시설을 국가가 법적으로 지정한 문화재라는데, 나도 잘 모르겠다."

이것도 편집 때 더빙을 해야겠다. '모르겠다'니 너무 무책임한 말이다. 입으로 뱉은 말을 하나하나 검열하듯이 머릿속으로 되새김질했다.

"법이 역사적으로 중요하다고 정하지 않으면 모두 저렇게 사라지는 거야?"

미래의 눈은 해체 공사가 진행 중인 패션디자인센터에 못 박혀 있었다. 역사적으로 보존할 가치가 있는 건물과 그렇지 못한 건물. 법이 바뀌면서 사라져야 할 로봇과 새롭게 만들어지는 로봇. 어쩌면 저 건물 역시 구형이어서 해체되는 게 아닐까.

꾹꾹 눌러두었던 기억이 떠올랐다. 서울에 살 때, 새엄마는 언제나 날 안쓰러운 눈으로 보았다. 그것이 연민과 걱정이라는 것을 알게 된 건 다섯 살 때였다. 유치원이 끝나고 나올 때 새엄마가 아주머니들과 이야기하는 것을 들었다. 새엄마는 정문 앞에서 해림을 태운 유모차를 살랑살랑 밀며 수다에 빠져 있었다.

"홍조 때문에 놀림받을까 봐 걱정이에요. 유치원 때는 괜찮겠지만, 곧 학교도 갈 텐데."

"인류가 올해 다섯 살이죠? 그럼 의료 보험 없어도 국가에서 무료로 진행할 때 아니에요?"

"인류 생모가 그 시술에 반대가 심했나 봐요. 해림 아빠와도 그 일로 계속 싸우다가 사이가 틀어졌고요. 근데 홍조 시술을 한다고 해도, 앞으로 학교 들어가면 당장 또래들과 차이가 크게 벌어질까 봐 걱정이 커요. 지금도 장난감만 가지고 논다니까요."

"어머, 코딩 시작 안 했어요?"

"애가 그런 거에 영 관심이 없어요. 아휴, 우리 해림인 인류 닮으면 안 되는데."

아주머니들은 걱정하지 말라며 새로 개장한 베이커리 가봤냐는 이야기로 넘어갔다. 해림은 유모차에서 잠들어 있었다.

어렸을 때 나는 로봇 공 장난감으로 집과 건물을 만들었다. 그것들이 모여 도시를 이루었다. 모든 건축은 자신이 이해하는 행복을 이야기한다. 내가 만드는 모든 것에는 이야기가 있었다.

며칠 후 남자는 코딩 학원에 등록하는 게 어떠냐고 물었다. 그날 알았다. 새엄마는 내가 만드는 건축에 담긴 이야기를 알지 못했고, 남자 역시 나의 행복에 관심이 없다는 것을.

유전자 조합 기술로 태어나지 않은 나는 구형 로봇에 가까웠다. 새로 제정된 서울시 도시 미관법 때문에 저 건물이 해체되고, 구형 로봇이 수거되는 것처럼 언젠가는 그 보이지 않는 손이 나에게도 미치지 않을까. 인간에 대한 차별금지법이 일 년 뒤, 십 년 뒤에도 유지될까. 내 꿈을 이룰 수 있을까. 사람들이 나를 건축가로 인정할까.

불현듯 카메라를 끄고 집으로 돌아가고 싶었다. 미래 너도 서울 거리를 걷고 둘러봤으니 이 정도면 된 거 아니냐고 말하고 싶었다. 하지만 나는 해체되는 건물을 보았다. 고개를 돌리지 않고 묵묵히 버텼다. 미래 역시 내 옆에 앉아 끝까지 바라보았다.

해체 공사는 하루 만에 끝나지 않았다. 지하 터널에 영향을 주지 않기 위해서 모든 철거 작업은 조금씩 조심스럽게 이루어졌다. 오늘 치 해체 공사가 끝나고 난 뒤에야 우리는 자리에서 일어났다. 미래를 일으키는데, 느낌이 좀 이상했다.

"손이 왜 이렇게 따뜻해?"

미래는 제 손을 뒤로 감췄다. 커피숍을 나와 장갑을 벗겼다. 아까보다 더 열감이 느껴졌다.

"발열 증상인데 가끔 이래. 곧 괜찮아질 거야."

오래전 기사에서 로봇의 발열 문제 정보를 찾을 수 있었다. 로봇에게 발열이 일어나도록 칩을 설계한 것은 과도한 노동으로 인한 로봇의 기능 저하를 막기 위해서였다. 내 눈엔 로봇을 보호하기 위한 최소한의 조치로 보였다. 중간중간 휴식하고 꼭 충전하라고.

발열 코드를 개발한 박사의 인터뷰 기사를 찾았다. 키가 작은 박사 뒤에 회색 로봇이 활짝 웃고 있었다. 이 로봇은 뭐가 좋다고 활짝 웃고 있는 걸까. 괜히 심통이 났다.

"이 로봇은 입이 있네?"

미래 역시 휴대폰 화면에 뜬 회색 로봇에게서 눈을 떼지 못했다. 미래는 눈밖에 없었다.

"혹시 이 회색 로봇을 지하 물류 터널에서 본 적 없어?"

"이렇게 생긴 로봇은 들어본 적도 없는걸?"

회색 로봇이 개발에 참여했다는 말은 없었지만, 어쩌면 저 로봇이 발열 코드를 만든 게 아닐까. 다른 로봇들을 위해서.

"혹시 어제랑 오늘 서울 거리를 너무 오래 걸어서 발열 문제가 생긴 거야?"

"난 72시간 연속으로 공사할 수 있게 설계되어 있어. 휴식 때도 충전 세 시간이면 충분하고. 너 때문에 그런 게 아니야."

"그럼?"

"엄마가 고통 감지기 판 쪽을 불로 지질 때 회로를 건드린 것 같아. 그래서 가끔 이유 없이 발열 문제가 생겨."

"어떻게 해야 고칠 수 있어? 베스트프렌드사에서 고칠 수 있을까?"

"거긴 안 돼."

미래는 더듬더듬 이야기를 꺼냈다. 베스트프렌드사가 안드로이드 아이 모델을 출시하기 전, 나중에 문제가 될지 몰라서 은밀히 미래를 수거하려고 트레일러로 찾아왔었다.

"그들은 내가 학대받았다는 걸 알게 되자 나를 데려가려고 했어. 확실히 폐기하려고. 엄마는 난동을 부리며 거절했고 내가 자신의 것이라고 주장했어. 이런 식으로 빼앗아 가면 기자 회견도 불사하겠다고 소리를 질렀고. 베스트프렌드사 직원과 엄마가 싸우는 동안 몰래 창고로 도망쳤어. 그날 너를 만났고."

온갖 생각이 떠올랐다가 흩어졌다. 기자 회견이라니. 미래에 대한 여자의 집착은 지독했다. 회사도 그 여자한테서 미래를 데려가지 못했다. 그런데 내가 뭘 할 수 있을까. 난 이제 열다섯인데.

"미래야, 우리 이제 그만……."

"인류야, 우리 다음 장소로 가자."

22

"세 번째는 어디야?"

질문의 탈을 쓴 부탁이었다. 더 보고, 더 느끼고 싶은 것이다.

"아직 못 정했어."

"그럼, 그냥 발길 닿는 대로 걸을까?"

고개를 젖혀 하늘을 보았다. 날이 좋았다. 어젯밤 폭우가 쏟아졌다는 걸 믿을 수 없을 만큼.

"그래, 걷자."

너랑 붙으면 덥다고 장난치면서 미래와 조금 떨어져서 걸었다. 그건 사실이기도 했다. 여름에 20세기 광부 콘셉트는 무리였다. 헬멧 안으로 땀이 송골송골 차올랐고, 무릎까지 오는 긴 고무장화에 땀이 첨벙 이는 것 같았다. 온도계를 입에 물지 않아도 몸이 뜨겁다는 게 느껴졌다. 괜히 나 때문에 미래 몸이 더 뜨거워질까 봐 거리를 두었다.

우리는 서울 곳곳을 돌아다녔다. 서울은 '걷기 좋은 도시'라는 타이틀이 너무 잘 어울렸다. 도시 전체가 미로처럼 기다랗게 공원 길로 이어져 있었다. 멋있게 지어진 건물의 외양보다는 그곳을 이용하는 사람과 어우러진 풍경이 더 눈에 들어왔다. 영상을 찍으러 왔다는 목적도 잊은 채 마음 가는 대로 움직였다.

남는 건 사진밖에 없다면서 휴대폰으로 온갖 엽기 포즈를 잡고 찍었다. 누가 봐도 서울에 막 상경한 촌놈 괴짜처럼. 한창 즐겁게 사진을 찍는데 한 외국인이 우리에게 달려왔다. 열심히 말하는 것 같은데, 이쪽에서는 하나도 알아듣지 못했다.

외국인이 고민 끝에 단어 중심으로 또박또박 말했다.

"픽처, 투게더! 투게더!"

우리의 차림새가 유명 관광지에 가면 으레 있는 코스프레 장인들처럼 보인 것 같았다. 나는 안 된다고 고개를 저었지만, 미래가 명랑하게 대답했다.

"예에스!"

미래는 총총 걸어가 외국인 옆에 딱 붙었다. 그가 같이 찍자며 나에게 손짓했다.

"헤이, 버디! 픽처! 투게더! 컴 온."

에라 모르겠다. 첫 장은 세계 만국 공통어 브이를 하고 심심하게 찍었지만, 흥이 넘치는 외국인이 혀를 길게 내밀며 이맛살을 찡그렸고, 이쪽도 질 수 없다는 생각에 그 흥에 맞춰 오버를 했다. 미래는 마스크와 선글라스를 벗을 수 없었기에 최대한 손발을 이용해 내적 흥을 분출했다. 외국인이 원더풀을 외치며 엄지를 치켜들자 나는 턱을 치켜들고 '유 아 웰컴'이라고 답해주었다. 그게 시작이었다.

서울엔 관광객이 많았다. 그들은 우리만 보면 같이 사진을 찍자고 다가왔다. 나중엔 번호표를 받아야 하지 않을까 싶을 정도로 기다리는 사람까지 생겼다. 그중엔 포즈 명인도 있어서 그에게 역동적인 포즈를 배우기도 했다. 세상은 넓고 포즈는 다양했다. 재미있게 사진 찍으며 놀다 보니 하루가 다 갔다. 사진만 찍었는데 온몸이 노곤했다.

"이제 해림이한테 연락해. 집에 가자."

"어제는 비가 와서 어쩔 수 없었지만, 오늘부턴 청소년 쉼터로 갈 거야. 예약해 뒀어."

"뭐라고 예약했어? 내 키는 아무리 봐도 청소년은 아닌데."

"그냥 남자 둘이라고."

생각해 보니 청소년 쉼터에 가면 질문이 폭풍처럼 쏟아질 것 같았다. 심지어 미래는 아이도 아니고 구형 로봇인데. 그렇다고 그 집으로 다시 갈 순 없었다.

"충전부터 하자."

24시 충전소 중 가장 외진 곳으로 갔다. 헬멧 카메라를 연결해 충전하는 동안 미래 역시 전기 코드를 허리 아래에 꽂아서 충전했다. 충전소에는 우리만 있었지만, 혹시 누가 들어올까 봐 조마조마했다.

바닥에 앉아 휴대폰을 충전하면서 패드를 열었다. 검색 엔진에 '방학 숙제'라고 치니 자동 완성어로 로봇이 따라붙었다.

"로봇이 왜……."

미래가 내 옆에 딱 붙어서 휴대폰을 보았다. 로봇공학자, 로봇심리학자, 로봇케어 회사 CEO 등 로봇과 관련된 영상을 찍어서 올린 학생이 많았다. 이번 숙제를 위해 안드로이드나 신형 로봇을 구매한 학생도 있었다. 가정용 로봇을 집으로 데려와 점차 적응하고 교감하는 모습부터 찍은 학생도 있었고, 로봇 회사로 견학 가서 멘토를 인터뷰하는 것을 찍은 학생도 있었다.

"인류야, 우리도 '소년과 로봇'으로 찍어서 올리자. 채널명도 인류의 미래잖아."

관광객들과 신나게 사진 찍을 때도 느낀 건데, 미래는 사람들과 어울리는 걸 좋아했다. 너무.

"우후죽순으로 많아. 너무 흔해. 별로야."

"난 흔해서 좋은데?"

"그게 왜 좋아."

"세상에 널린 게 소년이고 눈 돌리면 죄다 로봇이잖아. 그래서 좋아. 우리도 흔하고 평범한 거잖아."

미래와 나는 빠르게 바뀌어 가는 세상에 어울리지 않는 구형이지만, 어쨌거나 미래는 로봇이고 나는 소년이다. 우리 역시 평범하다.

미래를 만나기 전 나에게 로봇은 처리 대상이었다. 내가 만들려는 건물은 오직 인간의 힘으로 이루어야 하고, 할 수만 있다면 로봇은 이용하지 않아야 한다고 생각했다. 그래야 죄다 로봇인 세상에서 특별한 건축을 할 수 있을 테니.

그게 나만의 차별점이고 내가 이루어 갈 특별함이라고 자신했지만, 로봇 없는 세상을 만들겠다는 것은 변해버린 세상을 받아들이지 않겠다는 치기였다.

흔하다는 건 세상에 많다는 것이고 그만큼 사랑받는다는 것이기도 했다. 과거에서 미래로 이어지는 길고 긴 흔한 사랑 위에 우리가 지금 서 있는 것처럼 느껴졌다.

소년과 로봇은 우리 이전에도 있었고 우리 이후에도 있을 것이다. 그래서 좋다.

23

늦은 밤, 특별 고등학교 앞에 도착했다.

공사가 멈춰 주위가 고요했다. 학교는 뉴서울 지구와 가까운 경계에 있었다. 공사 현장 주변으로 펜스가 처져 있어서 안쪽을 볼 순 없었지만, 펜스 벽면에 앞으로 완성될 학교의 전경이 홀로그램으로 표시되어 있었다.

나는 조감도를 클릭했다. 팸플릿에서 본 건축과 건물이 크게 바뀌었다. 내 꿈이 앞으로 더 크게 다가오는 것 같았다. 곧 이어 AI 목소리로 건축과 안내가 흘러나왔다.

"다산관은 건축과 학생을 위한 공간입니다."

그다음 이어지는 말은 방학식 날 선생님이 설명해 준 것과 같았다. 미래가 나에게 물었다.

"다산이 누구야?"

"누구더라. 잠깐만, 다산 정약용. 조선 후기 실학자인데 수원 화성 지어서 유명하대. 아……."

멍해졌다. 건축가가 되고 싶다고 생각한 후 20세기 이전의 건축가 중에서 내 롤모델을 찾았다. 21세기부터는 설계에서부터 로봇과의 협업이 너무 많아서 불편했기 때문이다. 왜 우리나라에서 찾을 생각은 못 했을까.

정약용이 가우디처럼 세계적으로 유명한 건축가는 아니었지만, 그가 설계한 수원 화성은 유네스코로 지정되어 있었다. 서울시가 아니라 수원 화성에 갔어야 했나. 급하게 검색해 보니, 수원 화성과 정약용의 생애를 바탕으로 만든 영상들이 보였다. 특별고 건축과 지망생 같았다.

지금이라도 수원으로 가야 하나. 가우디스피릿이 스페인 탐방 영상을 올린 걸 봤을 때처럼 무력감이 몰려왔다. 계획에 허점이 너무 많아서 발이 숭숭 빠지는 기분이었다.

옆에서 콩콩 소리가 들렸다. 미래가 자세히 보고 싶어서 제자리 높이 뛰기를 하고 있었다. 미래의 겨드랑이 사이로 팔을 집어넣어 들어주었다. 미래는 손을 뻗어 조감도를 클릭했다.

"베스트프렌드관은 로봇과 학생을 위한 공간입니다."

미래가 손으로 누른 곳은 다산관 옆 건물이었다. 건축과 건물보다 규모가 세 배는 더 컸다.

"나도 너처럼 학교 다닐 수 있는 거야?"

미래가 기대감이 섞인 목소리로 물었다. 휴대폰에 옮긴 팸플릿을 다시 자세히 보았다. 특별 고등학교에 만들어지는 과 중 가장 많은 인원을 뽑는 게 로봇과였다. 로봇공학자, 로봇심리학자 등 로봇과 관련된 것을 공부하고 싶어 하는 학생들을 위한 학과라고 소개되어 있었다. 그래서 채널 검색어에 '소년과 로봇' 코드가 많은 것이었다. 근데 왜 이름이……

눈을 돌려 특별 고등학교 시공사를 보았다. '서울 특별 고등학교는 베스트프렌드사와 함께합니다' 문구가 적혀 있었다. 홈페이지로 들어가 홍보 영상을 클릭하니 베스트프렌드사 공사용 로봇들이 학교를 짓고 있는 모습이 떴다. 감독관을 제외하고 건설 인부 모두가 로봇들이었다.

"베스트프렌드사가 여기도 공사하는구나."

미래는 다산관을 발견했을 때의 나처럼 목소리에 힘이 쪽 빠져 있었다. 베스트프렌드사가 서울시 지하 터널 공사를 따낸 게 몇십 년 전이었다. 그들은 건축과 로봇을 결합하는 데에 있어서 오래전부터 두각을 나타냈다. 특별 고등학교 로봇관 명칭에 베스트프렌드사 이름을 딸 정도로 그 둘은 끈끈하게 결합해 있었다.

"괜찮아. 나중에 영상에서 내가 나오는 부분은 다 편집하면 돼."

미래가 나를 위로했다. 미래는 베스트프렌드사가 감추고 싶어 하는 치부였다. 내가 특별 고등학교에 입학하기 위해서는 미래와 나의 관계 역시 숨겨야 한다. 침묵하는 건 비겁하다는 걸 알면서도 나는 아무 말도 하지 못했다.

"여기 있었어?"

해림은 한참 찾았다면서 안드로이드와 함께 왔다. 나는 고개를 돌려 안드로이드를 보았다. 안드로이드 머리 위에 뜬 표식이 그사이 바뀌어 있었다. 어젯밤에 봤을 때만 해도 베스트 프렌드사 로고만 있었는데, 그 옆에 새로운 글자가 추가되어 있었다.

"'해림2'?"

내가 반문하자, 해림이 명랑하게 대답했다.

"계속 출신 회사 로고만 뜨게 할 순 없잖아. 내 분신이라고 생각하고 데려온 거기도 해서, 일단 '해림2'로 했어."

"그랬겠지. 로봇은 스스로 이름도 지을 수 없으니까."

해림은 눈을 가늘게 뜨고 나를 쏘아보다가 미래 쪽으로 눈을 돌렸다.

"너, 미래라는 이름은 누가 지어줬어?"

"엄마가."

"엄마라니. 뭐 어쨌거나 너도 네가 지은 이름은 아닌 거네? 오빠 로봇도 별거 없는데?"

"미래는 저 안드로이드와 달라. 구형 로봇이지만, 그래도 자기 생각이 있어."

"내 안드로이드는 생각이 없다는 거야? 어떻게 그런 모욕적인 말을 할 수 있어?"

함께 지낸 지 한 달 정도 됐을까. 해림은 해림2에게 감정적으로 이입한 것 같았다. 시간이 중요한 건 아니다. 나 역시 날짜로 보면 미래를 만난 지 그보다 짧으니까.

"해림2는 왜 아무 소리 안 해? 네가 침묵하도록 설정해 놨어?"

"꼭 필요할 때만 말해."

"그럼 내가 직접 물어볼게. 해림2, 내가 아까 한 말에 '모욕 감'을 느꼈어?"

해림2는 몸을 돌려 나를 보았다. 3초 후 대답했다.

"로봇은 모욕감을 느끼지 않습니다."

"가장 최근에 느낀 감정이 뭐야?"

"고마움입니다. 저의 주 보호자인 해림 양이 자신의 이름을 따서 저에게 이름을 지어주었습니다. '해림2'라는 이름에 고마움을 느낍니다."

"……"

해림, 미래, 나 모두 아무 말도 하지 못했다. 고마움이란 단 어가 이토록 낯설게 느껴질 수가 없었다. 해림은 몸을 돌려 해 림2에게 명령했다.

"너 스스로 이름을 만들어. 네가 하고 싶은 걸로. 어떤 거든 상관없어."

"'해림2'라는 이름을 바꾸고 싶으십니까?"

"응. 바꿔. 빨리."

잠시 후 해림2의 머리에 원래대로 베스트프렌드사 로고가 떴다. 해림은 당황한 눈으로 해림2 머리를 보며 말했다.

"네가 원하는 이름으로 바꾸라고. 저런 회사 로고 말고."

"로봇은 스스로 이름을 결정할 수 없습니다."

해림은 아랫입술을 깨물었다. 제 이름조차 짓지 못하는 것이 최신형 로봇인 안드로이드의 한계라고 단정 짓고 넘기기엔, 가슴 한편이 무거웠다.

해림은 그를 보호하듯 해림2 앞에 서서 나를 향해 퍼부었다.

"난 오빠 로봇이 구형인데도 신고하지 않았어. 근데 오빤 나한테 왜 이러는 거야? 왜 내 로봇을 미워해? 내가 미우니까 내 로봇도 미워?"

"널 미워하지 않아."

"거짓말. 싫어하잖아. 아니면 내가 단어를 잘못 선택했나? 훨씬 더 끔찍한 감정이야?"

대답할 의무는 없었고, 이 자리를 피하면 그만이었다. 하지만 곧이어 입이 제멋대로 열렸다.

"우리 집엔 비글이 있어. 인간을 위한 의약품을 만들려고 생체 실험을 당하다가 구조됐어. 그딴 건 시대가 변해도 그대로야. 로봇도 생체 실험을 대체할 순 없으니까."

해림은 나를 빤히 쳐다보았다. 내 입은 멈추지 않았다.

"구형 로봇은 새로 바뀐 도시 미관법 때문에 수거 후 폐기되지. 실은 장소만 지하 물류 터널로 옮겨져서 파손될 때까지 일하는 거지만. 신식 로봇과 구형 로봇의 차이가 뭔데? 차이가 있다고 치자. 그게, 그렇게까지 문제가 될 일인가."

나는 감정이 복받쳐서 입을 닫았다가 주먹을 불끈 쥐고 다시 입을 열었다.

"만약 로봇처럼 인간도 구형과 신식으로 나뉜다면, 생체 실험을 해도 되는 인간과 보호할 인간으로 나누겠지. 보호할 인간과 보호할 가치가 없는 인간. 대체 그걸 누가 결정하는 건데?"

24

우리는 쉼터로 갔다.

쉼터에서는 지친 얼굴로 들어선 우리를 질문 없이 받아주었다. 잘 수 있는 방을 알려주고 나가려는 형에게 물었다. 왜 아무것도 묻지 않는 거냐고.

"이야기하고 싶어지면 그때 말해. 지금은 푹 쉬고."

그러더니 문을 닫고 나갔다. 쉼터에서 먹고 자며 시간을 보냈다. 나는 쉼터 사진을 찍어서 할아버지에게 보냈다. 잘 지내고 있다고, 조금 쉬다 가겠다고 문자를 보냈다. 한참 후 할아버지는 끼니 거르지 말라고 짧막하게 답문을 보냈을 뿐, 별다른 말은 없었다.

집으로 돌아가면 그만이다. 하지만 나는 집으로 돌아가지도, 서울을 돌아다니지도, 그렇다고 그 집으로 가지도 않았다. 아무것도 하지 않은 건 아니었다. 이제껏 찍은 영상들을 패드로 편집했다. 미래는 휴대폰으로 게임을 하거나 동영상을 보았다. 우리는 내내 말이 없었다.

영상 편집본만 서른 개를 만들었다. 뭐가 좋을지 몰라서 각기 다른 콘셉트로 만들어 보았지만, 성에 차지 않았고 죄다 싫었다.

나흘째 되던 날, 눈을 감고 누워 있는데 휴대폰으로 게임하던 미래가 툭 말했다.

"난 내 이름 맘에 들어."

나는 감았던 눈을 떴다. 드디어 올 것이 왔다는 생각이 들었다. 설마, 엄마가 지어줘서 좋아하는 건 아니겠지?

"네 이름이 왜 좋은데?"

"어디든 붙여도 잘 어울리잖아?"

미래는 테트리스 게임 중이었다. 아이디는 '미래인류'였다. 나는 고개를 돌려 미래를 빤히 보았다. 미래는 슬그머니 휴대폰을 내리더니 게임은 충분히 했다면서 몸을 일으켰다.

우리는 가방을 챙겨서 방에서 나왔다. 쉼터 형은 빵이랑 음료수도 가져가라며 여러 후원 물품들을 가방 가득히 챙겨주었다.

"오늘 한 군데만 더 돌아보고 집에 갈 거예요. 빵은 괜찮아요."

"그래도 챙겨. 네 나이 때는 돌아서면 당 떨어지잖아."

묵직한 가방을 어깨에 메고 돌아서려는데, 쉼터 형이 미래를 턱짓으로 가리키며 말했다.

"CCTV 조심하고."

피부병이 심한 동생이라는 거짓말은 처음부터 먹히지 않은 걸까.

"왜 저희한테 잘해주시는 거예요?"

"나한테도 집돌이 동생이 있거든."

부엌 끝에서 벽 옆으로 고개를 빼꼼 내민 작은 로봇이 눈에 들어왔다. 21세기 극초반에 나온 구형 로봇개였다. 쉼터 형이 뒷머리를 매만지며 머쓱하게 말했다.

"밖에서 산책하지 못한 지 몇 달 됐어. 그래서 더 소심해진 것 같아."

나는 한쪽 무릎을 꿇어 자세를 낮춘 뒤 소심한 로봇개를 향해 인사했다. 로봇개는 깜짝 놀랐는지 벽 뒤로 급하게 뛰어갔다. 곧이어 어디 부딪혔는지 우당탕 소리가 들렸다.

"다음에 또 놀러와도 돼요?"

"놀러와. 언제든."

쉼터 밖으로 나서자 아침이었다. 나는 휴대폰으로 지도를 켜기 전 말했다.

"가는 길에 CCTV가 많을 거야. 그래도 가보고 싶어?"

"개관일이잖아. 사람들이 많아서 괜찮을 거야."

"그래, 그럼. 가자."

미래와 함께 걸었다. 오전 열 시 개장에 맞춰서 도착했다. 로봇파크는 탑 형태로 하늘을 찌를 듯이 높이 솟아 있었다. 평평한 땅에 솟은 거대한 수직 건축은 인간이 얼마나 발전했는지 보여주는 척도 같았다.

로봇파크는 설계부터 공사까지 모두 로봇의 힘으로 이루어졌다고 홍보했다. 건물 앞에 모여든 사람들은 로봇파크를 찍으면서 영상과 사진을 경쟁적으로 올렸다. 길게 늘어선 줄 끝에 섰다. 한참 후 입장권을 받아서 로봇파크로 들어갔다.

로봇파크는 상징적인 곳이었다. 1층 로비는 안드로이드 소유자들이 모여 친목을 도모하며 정보를 교환하느라 시끄러웠다. 한쪽에는 신형 로봇들을 위한 무료 충전과 진단 작업이 이루어졌는데, 주 보호자와 함께 외출한 로봇들로 그쪽도 북적였다.

로봇파크에서 일하는 모든 로봇은 안드로이드였다. 안드로이드는 사람과 외형이 구별되지 않을 만큼 똑같았다. 그래서 혼동을 피하려고 모든 안드로이드 머리 위로 각 회사의 고유 로고가 떠 있었다.

안드로이드 머리 위로 뜬 로고에서 눈을 뗄 수가 없었다. 인간의 머리 위에도 조만간 저런 표식이 뜨는 날이 오지 않을까. 그럼 나처럼 아무것도 받지 않은 인간의 머리 위에 뜰까. 아니면 유전자 조합 인간의 머리 위에 뜰까.

유전자 조합만이 합법이고 온갖 질병을 안고 태어나는 아이가 불법이 되는 세상이 곧 온다는 소문이 몇 년째 계속 돌고 있다. 오래전 할아버지와 본 고전 영화 속 한 장면 같다. 앞으로에 대한 예언서 같아서 난 가끔 고전 영화와 책들이 무섭다.

방문객이 너무 많이 몰리자 우리 다음부터는 건물에 들어올 수 있는 인원을 제한하기 시작했다. 이대로 떠밀려 나가면 오늘 내로 다시 들어올 수 없을 것 같았다.

"어쩌지?"

잠깐 앉아서 어떻게 할지 생각 좀 해보자며 창가에 걸터앉았다. 영상을 찍으면 좋을 만한 층이 어디일까 로봇파크 홈페이지에 들어가 검색하는데, 조금 떨어진 곳이 어수선했다. 입구 쪽에서 로봇 하나가 붙잡혀 있었다. 노부인을 부축해서 온 케어 로봇 문제로 언쟁이 오가고 있었다.

"나를 24시간 보살피는 로봇이라니까!"

"고객님, 이 로봇은 구형이라서 도시 미관법에 의해 저희와 함께 이동해야 합니다. 로봇파크 안에서 고객님을 부축할 새 안드로이드를 곧 보내드릴게요."

안드로이드의 안내에도 노부인은 내 로봇에게 손대지 말라고 지팡이를 들고 가로막았다. 안드로이드가 위협을 느끼고 제압하려고 하자, 이번엔 노부인을 보호하기 위해 구형 케어 로봇이 방어하면서 문제가 커졌다.

신고를 받고 출동한 경찰에 의해 노부인과 구형 케어 로봇이 모두 경찰차에 탔다. 경찰차가 점점 멀어져 가는 모습에 나와 미래는 얼어버렸다. 두 사람이 빠진 만큼 새로운 입장객이 두 명 더 들어왔다. 사람들이 분주하게 움직이기 시작했다. 아무 일도 없었던 것처럼.

나는 떨리는 목소리로 미래에게 속삭였다.

"미래야, 천천히 입구로 가자."

"인류야."

"다음에 또 오자. 다음에."

나는 미래의 손을 꼭 잡고 끌었지만, 미래는 따라오지 않았다. 고개를 돌려 미래를 보았다. 목소리가 나오지 않아서 입 모양으로 왜 그러냐고 물었다. 미래가 조그맣지만 분명하게 말했다.

"네 채널에 내 영상 올려주면 안 돼? 내 모습이 나오게 올려줘."

"그건 위험하다니까."

나는 미래의 손을 꽉 잡고 로봇파크 밖으로 나왔다. 택시를 타려고 정류장으로 뛰어가 손을 흔드는데, 저 끝에서 한 여자가 뛰어왔다. 순식간에 맹수처럼 우리를 향해 달려온 여자가 미래를 잡아채서 선글라스를 벗기고 마스크를 빼앗았다.

미래는 무방비한 얼굴로 여자를 보며 떨었다.

"엄마."

행동

25

"집에 가자!"

"싫어요."

여자는 우악스럽게 팔을 잡은 후 미래를 끌었다. 미래는 가지 않으려고 그 자리에 주저앉았다. 미래가 거부하자 여자는 미래를 때리려고 손을 들었다. 사람들 사이에서 헉 소리가 나왔다. 카메라로 찍고 소리로만 반응할 뿐 누구도 나서서 여자를 말리지 않았다.

나는 여자와 미래 사이에 끼어들어서 두 팔을 벌렸다.

"싫다잖아요. 그 손 치워요!"

"너야? 내 로봇을 훔쳐간 게?"

사람들이 웅성거렸다. 미래가 여자를 보자마자 '엄마'라고 부르고, 여자는 '집에 가자'고 했다. 나는 졸지에 그녀의 로봇을 훔쳐간 도둑이 되어버렸고.

"당신이 미래를 때렸잖아요. 미래 스스로 거길 나온 거예요!"

"때려? 언제! 봤어? 봤냐고! 말해봐. 내가 널 때렸냐고!"

여자는 나에게 손가락질하며 대거리하다가 고개를 돌려 미래에게 윽박질렀다. 미래는 뒤에서 내 바지를 잡고 꼼짝도 하지 않았다. 겁에 질린 게 경직된 몸짓에서 고스란히 느껴졌다. 미래를 지켜줄 수 있는 건 나뿐이다. 배꼽에 힘을 주고 한 줌 용기를 끌어 올렸다.

"당신이 미래를 때린 걸 본 증인도 있고 미래 몸에 증거도 있어요. 거짓말할 생각 말아요."

여자가 잠시 멈칫했다. 여자가 숨을 쉴 때마다 입에서 역한 냄새가 났지만 술 냄새인지는 알 수 없었다. 아드레날린이 폭주하고 있었다. 모든 감각이 날이 서 있어서 내가 보고 듣고 맡는 것을 믿을 수 없었다. 심장이 너무 빠르게 뛰었다. 나도 미래처럼 그녀가 무서웠다.

"저 새끼가 그래? 내가 때렸다고? 그게 뭐! 저 새낀 나한테 욕도 해! 내가 다 들었어! 매일 매일 욕한다고!"

미래를 처음 만난 날 행인을 보고 중얼거렸던 게 떠올랐다.

자신을 보호해 준다던 그 주문. 미래는 무서울 때마다 귤에 대한 정보를 읊었다. 좋아하는 건 소리 내서 말해야 한다. 그래야 효과가 있다.

"비타민 씨. 초록색. 조물조물. 냄새."

여자는 나를 노려보았다. 나는 견고한 방패처럼 눈을 피하지 않고 말을 이었다.

"미래가 중얼거리던 거 '비타민 씨'예요. 귤이라고요. 당신이 좋아하던 거요."

여자는 얼굴을 찡그렸다. 단단하게 마음먹자 널뛰던 가슴이 차분해졌다. 바깥인 데다 조금 떨어져 있는데도 여자에게서 알코올 냄새가 나는 게 코로 전해졌다. 얼마나 마신 걸까. 중간에 멈추기는 했을까. 여자는 온몸에서 알코올을 뿜어내며 내 말을 밀어냈다.

"다 필요 없어. 가자!"

여자는 미래를 데려가려고 했다. 폭력에도 관성이 있다. 때려도 되니까, 그래도 아무도 막지 않으니까, 내키는 대로 하는 것이다. 인간에게도, 동물에게도, 로봇에게도. 때리는 사람에겐 상대가 중요하지 않다. 핑계는 얼마든지 만들어낼 수 있다.

여자가 미래에게 손을 뻗었다. 나는 끼어들어 몸으로 막았다. 여자가 내 등짝을 세게 때렸고, 시민 몇이 나섰다.

"애한테 지금 뭐 하는 겁니까?"

"보현아, 좀 잡아봐."

사람들이 여자를 잡고 말리는 중에 경찰이 출동했다. 경찰
차에 강제로 여자를 태워서 이동했고, 남은 경찰은 미래의 팔
안쪽이 레이저로 지워져 있자 당황했다. 하지만 누가 봐도 미
래는 구형 로봇이었다. 미래 역시 데려가려고 했다. 안 된다고,
나도 같이 가야 한다고 소리쳤다.

제복을 입은 경찰이 나에게 다가와 말했다.

"저 로봇은 도시 미관법 때문에 따로 수거될 거야."

"미래를 데려가지 마세요. 제발요."

"저 로봇은 일단 구금될 거야. 일련번호를 찾고 절차가 진행
될 때까지. 저 여자가 널 때렸다고 시민들이 이야기하던데, 그
문제로 변호사가 필요할 거다."

나는 떨리는 손으로 휴대폰을 꺼내 따로 저장하지 않은 번
호를 입력 후 통화 버튼을 길게 눌렀다. 부재중 통화가 쌓여갔
다. 경찰은 나를 차에 태우고 경찰서로 이동했다. 경찰차 뒷좌
석에서 할아버지에게 전화하려는데, 전화가 울렸다. 상대가
말하기 전에 내가 먼저 입을 열었다.

"저, 저 지금 경찰서 가요. 변호사가 필요해요. 보호자도요."

"……경찰서로 지금 바로 출발할 거다. 날 만나기 전까지 아
무 말도 해선 안 돼. 알았지?"

나는 휴대폰을 귀에 댄 채 고개를 끄덕였다. 영상통화가 아
니니 고개를 끄덕이는 모습을 보지 못했을 거라는 생각은 전
화를 끊고 나서야 들었다. 미래는 트럭에 실려 이동하고 있을

텐데, 도착하기 전에 '절차'가 시작되면 어쩌지?

"미래는 학대받았어요. 증인도 증거도 다 있어요. 그러니까 절대 함부로 처리해서는 안 돼요. 변호사가 곧 올 거예요."

경찰서에 도착하기까지 불편한 침묵이 이어졌다. 경찰서에서 개인 정보를 적는 사이 남자가 도착했다. 남자는 내 기억 속 모습 그대로였다. 해림의 집에서 본 가족사진보다는 조금 더 늙어 보였지만. 경찰이 나에게 주려고 물을 떠오다 남자를 보고는 꾸벅 인사를 했다.

"신 변호사님이 여긴 웬일이세요?"

"제가 신인류 보호자입니다. 지금부터 인류는 제가 변호합니다."

경찰이 놀란 얼굴로 나와 남자를 돌아보았다. 나는 어렸을 때 얼굴이 이름표였다. 길을 잃어버려도 동네 사람들이 바로 아빠한테 데려다주겠다며 말할 정도로 출아법으로 낳은 것처럼 남자와 판박이였다.

남자의 요청으로 따로 접견실로 이동했다. 나는 남자를 똑바로 바라보기가 어려웠다. 지난 팔 년 동안 문자, 전화에 대꾸도 안 해놓고 이렇게 필요하다고 냉큼 연락하다니, 난 진짜 이기적인 놈이었다. 고개를 들 수가 없었다.

"연락해 줘서 고맙다."

남자는 나를 보며 미소지었다. 나는 남자의 볼에서 눈을 뗄 수가 없었다. 홍조가 있었다. 치료받지 않은 걸까. 아니면 재발

한 걸까. 남자는 머쓱하게 목을 만지며 말했다.

"얼굴이 좀 붉지? 약 먹어봤는데 그때뿐이지 잘 안 되더라. 그래서 그냥 뒀어. 그리고 변론할 때 도움되기도 하고."

남자는 제 별명이 '진실의 사과'라면서 농담처럼 말하며 얼굴을 붉혔다. 나는 딱딱하게 굳은 얼굴로 금붕어처럼 입을 뻐끔거리다가 겨우 말을 꺼냈다.

"미래를 구해주세요. 그래서 연락드렸어요."

남자는 휴대폰으로 로펌에 경찰서로 수사 보조원을 보내달라고 신청한 뒤, 어떻게 된 건지 물었다. 미래를 처음 창고에서 만나게 된 날부터 이야기했다.

"그 여자가 로봇파크 쪽으로 곧장 달려왔다고 했지? 아무래도 그 여자 혼자 힘으로 찾은 건 아닌 것 같은데."

남자는 말을 아꼈다. 곧이어 안드로이드가 접견실 안으로 들어왔다. 내 눈은 안드로이드의 머리 위로 향했다. 머리에 로봇 신생 회사인 안드로이드 로고가 있었다.

"내 수사 보조원이야. 비밀 유지는 이 안드로이드에게도 적용되니까 안심하고 말해도 돼."

내 머릿속에서 화살표가 움직였다. 베스트프렌드사에서는 미래가 학대받은 사실을 알고 있었다. 수거하러 온 직원과 싸우는 사이 미래는 공장 창고로 도망쳤다. 만약 그 여자가 베스트프렌드사가 미래를 빼돌렸다고 생각하고 그쪽으로 연락했다면?

"베스트프렌드사요. 분명 그들과 관련이 있을 거예요."

남자는 안드로이드 수사 보조원에게서 받은 자료를 빠르게 훑었다. 미간이 깊이 팼다. 복도로 나가서 통화를 길게 하고 다시 접견실로 왔다. 남자가 코로 숨을 내쉰 뒤 입을 뗐다.

"베스트프렌드사에서 벌써 움직이고 있어. 어려운 싸움이 될 거다."

상대는 거대 기업이니 이쯤에서 접자고 할까 봐 숨이 쉬어지지 않았다. 남자가 말을 이었다.

"지금부터 바빠질 거다."

26

달려가 할아버지를 껴안았다.

할아버지는 내 머리를 쓰다듬어주었다. 계속 계속. 할아버지 숨에는 쇠 냄새가 희미하게 배어 있었다. 나는 할아버지의 옷, 머리카락, 살에서 배어나오는 그 냄새에 얼굴을 묻었다. 나도 하나가 되고 싶었다. 그 냄새는 할아버지 냄새였고, 아저씨들 냄새였고, 미래의 냄새였다.

"공장은요?"

"고 씨가 잘 하고 있을 거다. 그 녀석은?"

뭐라고 말을 꺼내야 할지 몰라 무겁게 고개를 가로저었다. 할아버지는 내 머리를 당신의 어깨에 기대게 했다. 나는 경찰서 한쪽 구석에서 할아버지에게 기대 눈을 감았다. 절대 잠이 오지 않을 거라고 생각했는데, 나도 모르게 잠이 들고 말았다. 진술서, 심문, 서명, 녹음 등으로 지쳐 있었다.

"인류는 집에 가도 됩니다."

남자의 목소리에 퍼뜩 잠이 달아났다. 벽시계가 가리키는 시간은 밤 열 시가 넘어 있었다. 할아버지와 남자, 경찰이 한쪽에서 낮은 목소리로 이야기를 나눈 뒤 할아버지가 나에게로 왔다.

"나는 조사를 더 받아야 한다는구나. 서울 집에 먼저 가 있어라. 끝나면 바로 가마."

내 쪽으로 해림2가 걸어오고 있었다. 바로 움직이지 않고 남자를 향해 고집스럽게 물었다.

"미래는 어디 있어요?"

"아동 학대 문제로 집행 정지를 신청해 놔서 로봇 센터에 구금되어 있다. 일이 해결되기 전까지는 도시 미관법으로 처리할 수 없으니, 걱정하지 마렴."

도시 미관법보다 앞서는 게 아동 학대 금지법이었다. 로봇 파크 앞에 서 있던 행인들의 협조를 받아 그 여자가 거리에서 나를 때리는 영상을 확보했고, 그 여자를 아동 학대로 신고했으며 동시에 미래를 주요 증인으로 신청해 놓았다. 남자는 유능한 변호사였다.

"미래를 보러 가면 안 돼요?"

"지금은 안 돼. 관련자들 모두 접근 금지 상태인 데다가 보는 눈이 너무 많아."

할 수 있는 일이 없었다. 고개를 숙이고 선 나에게 할아버지가 다가와 어깨를 잡았다.

"곧 네가 필요할 거다. 그때까지 먹고 자고 쉬어라."

법적으로 18세 미만인 사람은 모두 아동이었다. 그 순간 내가 아직 아동이라는 사실에 안도했다. 그래서 미래를 지킬 수 있으니까.

남자는 기자들이 정문에서 기다리고 있을 거라며 캡 모자와 마스크를 주었다. 이걸로 왜 나를 가려야 하는지 알 수 없었다.

"전 잘못한 게 없는데요?"

"너는 피해 아동이라고 미리 이야기해 놓았으니 고소당하고 싶지 않은 이상 사진을 찍지는 않을 거다. 하지만 모두가 약속을 지키지는 않을 거야. 이건 안전 조치다. 모두를 위해서."

나는 캡 모자를 쓰고 마스크로 얼굴을 가렸다. 남자가 해림2에게 귀엣말로 몇 가지를 속삭였고, 해림2는 크게 팔을 둘러 나를 감쌌다. 나는 해림2와 함께 움직였다. 정문에서는 기자들이 기다리고 있었다. 플래시가 터지며 주위가 밝아졌다.

"로봇을 납치한 게 사실입니까?"

몇몇 기자가 질문을 던지고 사진을 찍자 안드로이드 수사 보조원이 그들을 제지했다. 그사이 해림2는 나를 주차된 차에 태우고 경찰서를 빠르게 빠져나갔다.

뉴서울로 이동하는 동안에도 캡 모자와 마스크를 쓰고 있었다. 온몸을 무장하듯이 가리고 서울 거리를 걸었을 미래가 어떤 기분이었을지 생각해 보지 않았다. 미래는 지금 무슨 생각을 하고 있을까. 그 주문만으로는 아무것도 막을 수 없는데. 아동 학대를 받은 건 미래인데, 법에서는 나만 아동이었다. 미래가 보고 싶었다. 몹시.

지하 터널에서 달리는 동안 차 안은 적막했다. 해림2의 손목시계에서 또록 알림음 소리만 울렸다. 해림2는 표정 없이 핸들에 손을 얹은 채 앞만 보고 있었다. 며칠 전 해림2에게 모질게 몰아붙였던 일이 떠올랐다. 그날의 일이 쌓여서 오늘 같은 일이 만들어진 게 아닐까. 내가 저지른 일의 대가를 미래가 받는 건 아닐까. 왜 나는 그토록 중뿔나게 굴었을까.

내가 뚫어지게 보자, 해림2가 고개를 돌려 나를 보며 물었다.

"필요한 게 있으십니까?"

"저번에 말이야, 너보고 스스로 이름도 못 짓는다고 몰아붙였던 거……."

그다음 말이 쉽게 이어지지 않았다. 세 글자면 되는데. 인간으로서의 우월감이나 쓸데없는 자존심 때문이 아니다. 미안하다는 말로 퉁 치려는 스스로가 비겁해 보였다.

말을 삼키고 다른 이야기로 돌렸다.

"해림이는 어때?"

"매일 밤 방에서 울고 있습니다. 그날 이후로 저를 똑바로 보지 못합니다."

해림인 나보다 훨씬 더 똑똑하고 강하고 야무진 애라고 생각했는데. 나와 같은 학년이지만 해림인 열두 살이었다. 그때의 내가 어땠는지 떠올려보니, 해림을 몰아붙인 내가 더 싫어졌다.

뉴서울 24지구에 도착한 후에도 나는 차에서 내리지 못했다. 해림2의 손목시계에서 또록 알림음이 연이어 들렸다. 해림2는 문자를 확인하고 나를 보며 말했다.

"해림이 위에서 기다리고 있습니다."

"걔가 문자 보낸 거야? 봐도 돼?"

해림2는 홀로그램으로 띄워서 문자를 보여주었다. 만났냐, 오고 있냐, 어떻게 됐냐, 오빠는 괜찮냐, 어디까지 왔냐, 오고 있는 거 맞냐, 언제 도착하냐. 단문으로 이어진 문자에서 '오빠'라는 글자를 오랫동안 보았다. 나는 가라앉은 목소리로 말했다.

"미안해. 저번에 너를 이름도 못 짓는 멍청이로 몰아붙였던 거. 실은 내가 멍청이였어."

"저는 멍청이가 아닙니다. 최신형 모델이기 때문에 똑똑합니다. 그리고 신인류 군도 멍청이가 아닙니다."

나는 헛웃음이 나왔다.

98층에 내리자마자 초인종을 눌렀다. 해림이 곧바로 문을 열었다. 해림의 입가에 생크림이 묻어 있었다. 그사이 살이 좀 찐 것 같았다. 거실로 들어가 보니, 해림이 뜯은 과자 봉지와 나뒹구는 음료수들, 한 입씩 먹은 조각 케이크로 집이 엉망이었다.

"네가 울었다던데. 매일 밤."

혼잣말처럼 말하자 해림이 깜짝 놀란 얼굴로 고개를 휙 돌려 해림2를 보았다. 해림2는 움찔하는 기색도 없이 물 흐르듯 거실을 치웠다. 해림은 울었다고 인정하지도, 아니라고 부인하지도 않았다. 거실 한쪽 소파에 앉아서 물었다.

"왜 나랑 친해지고 싶어?"

해림은 바닥에 앉아 포크로 남은 케이크를 푹푹 찌르며 말했다.

"오빠가 아빠를 미워하니까. 아빠는 오빠를 보고 싶어 하는데 곁을 안 줬잖아. 그러다 알게 됐어. 내가 싫어서 아빠까지 밀어냈다는 걸. ……유전자 조합으로 태어난 인간도 똑같고 좋은 사람이라는 것을 오빠한테 알려주고 싶었어."

해림은 사진을 내밀었다. 십 년 전에 찍은 사진이었다. 양 볼이 발그레한 남자아이 옆에 토끼 머리띠를 한 여자아이가 꼭 붙어서 활처럼 휜 눈으로 함박웃음을 짓고 있었다. 일 년 전, 남자의 지갑 안쪽에 숨겨진 사진을 본 것이다. 그때부터 해림은 나를 만나고 싶었다고 했다. 아빠처럼 두 볼이 발그레한 아이가 너무 궁금해서.

"하지만 실패했지. 난 친구가 없어. 그래서 아빠가 안드로이드도 사준 거야. 내 유전자 조합에 사회성은 없나 봐. 그건 조합으로 안 되나 봐."

나는 포크를 집어 케이크를 뜨며 무심하게 말했다.

"너도 나처럼 멍청이인 거지."

해림은 눈을 세모로 뜨고 나를 보았다. 나는 케이크를 한 입 크게 베어 물었다. 케이크는 너무 달았고 배가 좀 아팠다. 우리는 밤새 화장실을 들락거렸고, 해림2는 방향제를 뿌리고 치우느라 바빴다.

그 밤, 우리는 거실 바닥에 웅크린 채 잠이 들었다.

27

"이 문제는 재판까지 가지 않을 거다."

식탁에서 할아버지가 말했다. 해림2는 아침 식사를 준비했고, 해림은 화장실에 있었다.

"재판을 안 하면요?"

"정부에서 재판하도록 두지 않을 거라는구나."

이제껏 우리가 상대하는 게 서울시와 베스트프렌드사라고 생각했다. 그런데 보스몹이 정부라니. 대체 어떻게 상대해야 하는 거지? 가능은 한 걸까?

"왜 정부가 나서요? 서울시 미관법이잖아요."

"서울시는 시범 지역이잖니. 지하 터널 공사를 전국 주요 도시로 확대 중인데, 여기서 문제가 불거지면 안 된다더구나."

지난밤 남자와 함께 경찰서에서 밤을 지새우며 들은 이야기였다. 해림도 화장실에서 나와 식탁에 앉았다. 해림은 할아버지와 만난 적이 있는지 자연스럽게 이것 좀 드셔보시라며 냉장고에서 매실즙을 꺼냈다. 할아버지는 고맙다면서 그것을 내 앞으로 밀었다. 이런 걸로 유치하게 경쟁할 생각은 없었지만, 할아버지의 배려가 나에게 쏠려 있어서 기분이 좋았다.

나는 잠시 고민하다가 해림에게 매실즙을 주었다. 해림이 눈을 동그랗게 뜨고 나를 보았다.

"어젯밤 네가 케이크를 더 많이 먹었잖아. 데워서 먹어."

매실즙에 과하게 의미를 부여하는 설레발 기운이 해림에게서 스멀스멀 뿜어져 나왔다. 나는 할아버지를 보며 아까 하던 이야기로 돌아갔다.

"다른 지역도 베스트프렌드사가 공사를 맡고 있대요?"

"도시마다 입찰 경쟁을 붙였으니 모든 지역은 아니라더구나. 그래서 더 문제가 되는 거고."

"그게 왜 문제가 돼요?"

매실즙을 쥐고 쪽쪽 빨던 해림이 끼어들어 정답을 외치듯 손을 들었다.

"나 알 것 같아! 로봇파크!"

로봇파크는 특정 회사 이름을 딴 게 아니었다. 모든 로봇 회사들이 합심해서 만든 공간이니까. 어제는 로봇파크 개관일이었다. 모든 로봇 회사가 이 사건을 주목하고 있었다.

"다른 로봇 회사들도 이 문제에 달려들었나요?"

"이권이 걸렸으니."

천문학적인 돈을 들여 진행하는 도시 공사에 미래 문제가 자칫 재를 뿌릴 수도 있다며 다른 로봇 회사들까지 달려들어 정부에 압력을 가하는 것이다.

"하지만 아동 학대 문제잖아요. 이런 문제를 덮는다고요? 고작 이권 때문에?"

"너에 대한 신상 정보를 철저하게 막고 있지만, 자칫 모든 게 가십처럼 돌 수도 있어."

"전 아동 학대 문제를 이야기하는데, 왜 제 얘기를 하세요?"

"미래는 아동이 아니니까."

미래가 중학교 앞에서 나에게 한 말이 떠올랐다. 자신이 그 집에 있어서 다행이라고. 동물이나 사람이 아니니까. 자신은 물건이니까. 자신이 물건이라는 생각으로 그 오랜 시간을 버텨 온 로봇, 그 녀석이 원하던 단 한 가지 소원이 딱 한 번이라도, 단 몇 시간이라도 서울 거리를 걷는 것이었다. 우리는 함께 걸었다. 소원은 이루었으니 그것으로 된 걸까.

"그래서 재판도 하지 않고 덮겠대요? 미래는 어떻게 되는데요?"

"그 문제 때문에 합의에 이르지 못하고 있는 거다. 베스트프렌드사에서는 발열 문제를 이유로 그 녀석이 위험하다며 수거하겠다고 하고, 네 아버지는 그걸 막기 위해 증거 인멸 문제가 있다며 탄원서를 넣고 있는 거고."

"제가 가서 증언이든 뭐든 다 할게요."

내가 나가려고 하자 해림2가 앞을 가로막았다. 할아버지도 그래선 안 된다며 말렸다.

"아무것도 하지 말고 있으라고요? 어른들 일이니까 빠지라고요?"

"인류야. 우린 널 지켜야 할 의무가 있다."

할아버지는 내 팔을 붙잡고 단호하게 말했다. 내가 팔을 뿌리치고 가려고 하자, 할아버지가 낮은 목소리로 말을 이었다.

"자칫 네 신상이 공개되면, 미래와 관련된 모두가 주목받을 거야. 네 동생도 이 문제에서 자유로울 수 없다."

"해림이가 왜요?"

"너와 해림인 다르니까. 단순히 네 이름과 얼굴만 선택적으로 공개되는 게 아니다. 모든 게 밝혀질 거다."

나는 해림을 보았다. 눈동자가 흔들리고 있었다. 나를 똑바로 보지 못하고 있었다. 나는 힘없이 소파에 앉았다. 해림2는 할아버지 신체를 스캔한 후 말했다.

"신체 활력이 저하된 상태입니다. 수면을 취해야 합니다."

할아버지는 해림2에게 해림과 나를 챙겨달라고 부탁한 후 게스트룸으로 들어갔다. 해림2는 나를 보고 있었다. 마치 감시하는 것처럼. 해림2는 성인 남자처럼 단단한 체격을 갖고 있었

다. 나보다 키도 컸고, 완력 역시 상대할 수 없을 정도로 강해
보였다.

"내가 문 열고 나가겠다고 하면 막을 거야?"

"밖은 위험합니다."

해림2는 수문장처럼 현관문 앞을 지키고 섰다. 로봇 센터에
구금된 미래처럼 나 역시 이 집에 유폐된 것 같았다.

로봇 센터 홈페이지에 들어가 보았지만, 미래가 구금되어 있
다는 어떤 정보도 찾을 수 없었다. 해림인 계속 전화했지만 부
재중 통화만 쌓여갈 뿐 연결되지 않았다. 이렇게 아무것도 하
지 않고 어른들의 손에 맡긴 채 기다리고 있을 수만은 없었다.

"아빠는 계속 안 받아. 엄마도 갑자기 톡도 안 읽고. 오빠 뭐
해?"

"방학 숙제."

"이 와중에 방학 숙제를 하겠다고? 와, 멘탈 끝내준다."

해림이 비아냥거리든 말든 나는 이제까지 찍은 영상을 패드
로 편집하기 시작했다. 해림은 옆으로 다가와서 내가 하는 것
을 지켜보았다. 영상 편집 마지막 부분까지 본 후 나는 패드에
서 손을 뗐다. 해림은 패드 화면을 보며 말했다.

"뭐해? 올려."

"이거 올리면, 할아버지 말씀대로 어쩌면 너도 주목받게 될
거야."

"난 이미 우리나라 CG의 자랑인 천만 영화 까서 욕먹고 있

으니까 괜찮아. 오빠도 맘 단단히 먹어."

나는 채널에 영상을 올렸다.

28

'인류의 미래'는 닫혔다.

영상을 올린 지 세 시간 만에 시스템 점검을 이유로 전국의 모든 방학 숙제 채널이 비공개로 바뀌었다. 새로고침을 누르며 채널이 열리기를 기다렸지만, 언제 복구한다는 이야기도 없었다.

게임헌터들은 멀티버스 창에서, 하트헌터들은 SNS에서 채널이 갑자기 닫힌 것을 두고 이야기했다. 해커가 공격한 거냐, 우리가 올린 영상들이 사라진 거냐, 난 백업도 안 해놨다는 등 혼란이 전염되고 있었다.

채널이 닫히고 바로 남자에게서 전화가 왔다. 남자가 낮은 목소리로 말했다.

"더는 아무것도 올리지 마라."

"미래는 언제 볼 수 있어요?"

"신 변호사님, 지금 가보셔야 할 것 같습니다. 상대측 변호사단이 도착했습니다."

보조 수사원 목소리가 휴대폰 건너편에서 들렸다. 남자는 다시 연락하겠다며 전화를 끊었다. 나는 전화를 끊자마자 문자를 보냈다.

- 저도 주요 참고인이에요. 증인이든 뭐든 꼭 불러주세요. 미래는 제가 필요해요. 발열 문제 때문에 미래 손이 뜨거워요. 제가 옆에서 손을 잡아줘야 해요.

문자는 1이 사라지지 않았다. 해림과 난 나란히 앉아 각자의 패드로 인터넷 창을 열었다.

"오빠, 이것 좀 봐. 이거 미래 맞지?"

며칠 전 버스에서 찍힌 사진이었다. 고글을 꺼내 쓰던 여자가 우릴 찍어서 올린 것이다. 편집 영상이 올라간 건 사흘 전이어서 검열에 걸리지 않았다. 그녀는 유명한 하트헌터였고, 다른 하트헌터들이 그 영상을 많이 퍼간 상태였다. 다른 헌터들에게로 사진과 영상이 이동하면서 '귀여운 형제'라는 초기의 제목이 '용감한 형제'로 바뀌었다.

- 이 녀석들, 인류의 미래 채널 걔네 맞지? 대애박. 구형 로봇이었다고?
- 나도 그때 뒤에서 직접 봤는데. 진짜 상상도 못 했음!!
- 그 '엄마'라는 사람에 대해 아는 거 없어? 로봇파크 영상 뭐야??
- star.3#58602*Gfse/k38 여기 가면 로봇파크 영상 있음.

해림이 더 많은 자료를 찾아서 보여주었다. 경복궁에서 내 어깨 위에 앉아 고래와 교감하던 미래와 나의 모습이 한 가족 뒤에 찍혀 있었다. 그게 전부가 아니었다. 서울시 거리에서 외국인과 엽기 표정으로 찍었던 사진은 파도 파도 또 나왔다. 서울시나 로봇 회사에서 사진을 파악하지 못한 게 분명했다. 그들의 채널은 인류의 미래처럼 닫히지 않았다.

서울시를 걸으면서 CCTV에 찍힐까 봐 한여름에 모자, 선글라스, 마스크, 장화, 장갑 등으로 온몸을 칭칭 싸매고 다녀야 했다. 독특한 차림새는 관심을 끌었고, 카메라에 찍혀 끝도 없이 잠수하는 우리를 수면 위로 밀어 올려주고 있었다. 각자의 채널에서 각기 다른 방식으로.

해림이 학교 홈페이지에 채널이 닫힌 것에 대해 항의하는 글을 쓰는 사이, 나는 사진들을 캡처해서 남자에게 보냈다. 잠시 후 사진과 문자를 확인했다는 증거로 1이 사라졌다.

그때 전화 소리가 울리며 할아버지가 잠에서 깼다. 해림과 나는 열심히 서울시를 걷는 미래 사진을 퍼 나르는 중이었다. 할아버지는 방에서 나오며 잠긴 목소리로 물었다.

"무슨 일이 있었던 거냐."

방학 숙제 영상 저장 파일을 열었다. 제목은 '서울 거리를 걷고 싶어. 딱 한 번이라도. 단 몇 시간이라도.'였다. 서울시에 도착한 미래가 콩콩 뛰며 신나 하는 모습부터 경복궁 등 서울 거리에서 느꼈던 모든 순간을 미래를 주인공으로 해서 편집했다.

특히 로봇파크 건물 앞에서의 영상은 그 여자의 얼굴만 모자이크하고 음성 변조를 했을 뿐, 내 머리 위에 부착된 카메라로 모두 찍히고 있었다. 흔들리는 내 몸과 함께 카메라 영상도 흔들렸다. 맨 마지막은 검은 화면에 하얀 자막으로, 서울시에서 새로 제정한 도시 미관법과 아동 학대에 대한 법률적 해석을 담은 글을 띄웠다.

십 분을 가득 채운 영상이 끝난 후에도 할아버지는 말씀이 없었다. 해림은 다른 사람들 영상과 사진 속 미래를 보여주었고, 눈이 어두운 할아버지를 위해 직접 댓글을 하나하나 소리 내서 읽었다. 보고 듣는 내내 할아버지 미간에 골이 깊게 패어 있었다.

"가자. 미래를 위해 이렇게 애썼는데, 너희들도 그 자리에 함께해야지."

할아버지가 남자에게 전화를 걸어 아이들을 데리고 그쪽으로 가겠다고 통보했다. 곧이어 해림2는 보호 모드가 해지되었다.

우리는 차를 타고 서울 도심 한가운데 초고층 로펌으로 갔다. 베스트프렌드사가 계약한 로펌이었다. 승강기 숫자가 바뀌는 동안 심장이 드럼을 치는 것처럼 빠르게 뛰었다. 해림과 할아버지, 해림2는 대기실에 앉아 기다리기로 하고, 관계자인 나만 회의실로 들어갔다.

회의실에는 남자, 수사 보조 안드로이드, 몇몇 변호사가 더 있었다. 일이 많아서 우리 쪽에서도 변호사가 더 추가됐다고 남자가 덧붙였다.

온갖 서류에 서명하고 나서야 상대측 변호사 다섯 명이 열을 지어 들어왔다. 베스트프렌드사 대표 역시 참석했다.

몇 분 후, 로봇 센터 직원과 함께 미래가 회의실로 들어왔다. 미래는 처음 봤을 때처럼 아무것도 걸치지 않은 모습이었다. 서울 집에 갔을 때 화장실에서 미래의 젖은 옷을 벗기려 들자, 안드로이드가 옷을 입고 있는 것을 지적하며 자신도 새 옷을 입겠다고 고집을 부렸던 게 떠올랐다. 이 회의실에서 미래가 자신만 다르다고 움츠러들까 봐 걱정됐다.

"미래야, 이쪽에 앉아."

센터 직원은 그런 건 협의에 없었다면서 미래를 데리고 끝쪽에 앉았다. 남자는 자리 배치도 사전에 다 협상한 것이므로 어쩔 수 없다고 속삭였다.

회의가 시작되었다. 수많은 이야기가 오가는 동안 내 시선은 오직 미래에게만 꽂혀 있었다. 미래 역시 나만 보고 있었다. 내가 미래에게 입 모양으로 괜찮냐고 물어보았지만, 미래는 대답할 수 없었다. 입 모양이 마스크 형태로 되어 있었기에 말을 하려면 소리를 내는 수밖에 없었다. 미래가 대답하고 싶어서 몸을 꼬자, 로봇 센터 직원이 녀석에게 얌전히 있으라고 명령했다.

"합의 금액에 동의하십니까?"

그 여자가 미래를 학대한 사실과 미래에 대한 모든 관련 사항을 비밀로 하고 미래를 베스트프렌드사에 넘기는 대신 나에게 합의 금액을 지불하겠다는 것이었다. 상대 변호사단은 그들이 제안한 금액이 지방 소도시에서 고철 공장을 운영하는 할아버지와 함께 사는 중학교 2학년에게 충분하다고 생각했다. 굳이 숨길 생각도 없어 보였다.

내가 이 자리에 온 이유는 미래와 함께 집으로 돌아가기 위해서였다. 도시 미관법 등을 어긴 것 때문에 무거운 벌금을 내야 할지도 모르니, 그 돈은 앞으로 열심히 아르바이트해서 벌어야겠다고 생각했는데.

상대 변호사들은 내가 아까 서류로 전권을 위임한 남자만 보고 있었다. 아무도 내 생각은 궁금해하지 않았다. 나는 목소리를 냈다.

"전 싫어요. 돈 필요 없어요."

29

"잠깐 쉬었다 하시죠."

남자가 나를 데리고 복도로 나갔다. 갈 곳이 마땅치 않아 비상계단 쪽으로 자리를 옮겼다. 등 뒤로 문을 닫고 목소리를 낮췄다.

"인류야. 저들의 태도가 불합리하게 느껴진다는 거 알아. 근데 이 자리는 돈으로 이야기하는 자리야. 이해하니?"

나는 남자를 올려다보았다. 남자는 나보다 키가 컸다. 언젠가 할아버지가 말씀한 적이 있다. 골격이 아빠를 닮았으니 키가 185센티미터까지는 클 거라고.

"끝까지 엄마를 설득하지 못해서 후회했어요?"

"그게 무슨……."

"내가 유전자 조합으로 태어나지 못한 게 부끄러웠냐고요."

대답을 요구하며 남자를 보았다. 남자의 목소리 끝이 흔들렸다.

"그동안 얼마나 너와 이야기하고 싶었는지 모를 거다. 근데 인류야. 지금은 시간이 충분하지가 않아. 장소도 적절하지 않고. 아빠한테 다음 기회를 줘. 다 설명하고 다 보여줄게."

우리에게 필요한 건 시간이고 다른 장소다. 또 다른 변명처럼 들렸다. 내가 먼저 비상문을 열고 나가자, 남자가 다급히 내 팔을 잡았다.

"아빠도 네 할머니와 할아버지 사랑만으로 태어났어. 유전자 조합으로 태어나지 않았어. 나도 너와 같아."

그 말로는 충분하지 않았다. 하지만 지금 이 자리는 우리를 위한 자리가 아니었다. 나는 미래를 위해 회의실로 돌아갔다.

자리에 앉은 후 남자는 한동안 침묵했다. 상대 변호사가 답을 재촉하듯 펜 뒤꼭지로 테이블을 톡톡 두드렸다. 남자는 패드를 빠르게 조작한 뒤 입을 뗐다.

"중2 학생들 방학 숙제 채널 전체가 시스템 점검을 이유로 닫혔습니다. 설마 그 일과 상관없다고 발뺌하진 않으시겠죠? 강제 침묵의 시간이 길어질수록 '잡음'이 늘어날 겁니다. '2의 저항'이 벌써 시작됐더군요."

남자는 회의실 벽면에 빔 화면을 쏘아서 현 사태를 보여주었다. 다른 해외 사이트를 통해 학생들이 '인류의 미래' 사태에 대해 거침없이 의견을 드러냈다. 그 사건과 관련된 사진을 퍼 나르고, 댓글을 달고, 요약 영상을 올리는 등 다양한 방식으로 제 목소리를 내고 있었다.

크고 작은 국내 사이트는 물론 해외 사이트까지 우리의 이야기에 살이 붙어 퍼져나갔다. 눈덩이가 구르는 것처럼 사태가 커지고 있었다. 만약 방학 숙제 사이트를 닫지 않았다면, 그 영상은 이토록 퍼지지 않았을 것이다. 남자는 차근차근 반격했다. 그 자료에는 해림이 찾고 내가 남자에게 보낸 사진과 영상도 있었다.

"아시겠지만, 이 모든 걸 막을 순 없습니다."

베스트프렌드사 대표가 변호사와 귀엣말로 속삭였다. 상대 변호사가 곧 김애선 씨가 도착할 거라는 이유로 휴식을 제안했다. 상대측이 모두 나간 뒤, 나는 남자에게 물었다.

"김애선 씨가 누구예요?"

"미래의 법적 보호자."

이제껏 이름도 모르면서 그녀를 미워했다. 미래에게 다가가려고 일어서자, 미래는 로봇 센터 직원과 함께 다른 방으로 이동했다. 남자는 모든 게 결정되기 전까지는 미래와 따로 이야기할 수 없을 거라고 알려주었다.

상대 변호사가 이야기 좀 하자고 남자를 불렀다. 남자는 복도에서 작은 목소리로 이야기를 나누었다. 잠시 후 남자가 빗금이 쳐진 듯 어두운 얼굴로 회의실을 흘긋 보고 다른 변호사들을 불렀다. 나는 텅 빈 회의실에 혼자 남았다.

남자는 휴대폰을 손에서 놓지 않았다. 회의실은 방음이 잘되어서 바깥의 소리가 들리지 않았다. 그는 통화를 끝내고 다시 회의실로 들어왔다.

"김애선 씨가 이동 중에 사건 비밀 유지를 이유로 베스트프렌드사와 구두 합의를 했다는구나. 금액 조정만 남은 상태라 그들과 조금 전 따로 진행했고."

"왜 그들끼리 합의해요? 피해자인 제가 합의가 싫은데도요?"

"김애선 씨와 너의 사건은 따로 민사 소송을 제기할 순 있어. 근데 그렇게 되면 미래와의 일이 수면에 드러나게 되지. 그래서 우리도 참여하려는 거였는데, 그들이 발 빠르게 움직였어."

로봇파크에서 나를 때렸다고는 하나, 그건 등을 세게 맞은 정도였고, 시민들의 제지로 두어번 맞은 게 끝이었다. 미래가 당한 일에 대한 대가를 대신 받게 할 수 있을 줄 알았지만, 그것만으로는 부족했다.

"미래도 알고 있어요? 미래가 진짜 피해자잖아요."

"미래는 소유물이기 때문에 동의가 필요 없어."

소유물이라는 표현에 가슴이 쓰라렸다. 미래는 생각도 있고, 이름도 있고, 꿈도 있는데.

"그 여자를 만나게 해주세요. 미래에 대한 권리를 포기하게 해야 해요. 미래를 데려가게 해서는 안 돼요."

"소유권 포기 대가로 합의한 거야. 미래의 소유권은 베스트 프렌드사로 넘어갔어. 그쪽에서 치료를 위해 미국행과 그 비용과 절차 모두 다 지원해 주기로 했다는구나."

그녀는 간암 말기였다. 여기서 모든 게 끝이 아니고 앞으로 가 더 있을 수도 있다는 희망으로 그녀를 설득한 것이다. 판사가 내리는 징역 몇 년이니 집행유예니 하는 모든 것들은 결국 숫자로 말하는 것이다. 그들의 거래는 아주 긴 숫자로 이루어져 있었다.

"미래를 그 터널로 다시 돌아가게 할 순 없어요."

"인류야, 미래를 위해서 다른 걸 포기할 수 있겠니?"

비밀 유지 협약을 하는 대신 미래의 소유권을 가져오자는 것이었다.

"미래는 물건이 아니에요."

"알지만 로봇법이 그래. 우리가 당장 그들과 싸워서 할 수 있는 건 소유권을 가져오는 거야. 지금은 그게 최선이야."

로봇법을 바꾸겠다고 고집을 피우지 않았다. 새 법이 통과되기까지 미래가 얼마나 더 구금되어 있어야 할지 모르니까. 미래가 죽지 않는 로봇이라고 해서 구금으로 인한 정신적 상처도 없을 것으로 생각하는 건, 미래를 전혀 모르는 사람들 생각이었다.

"미래와 함께 집에 가고 싶어요."

우리 측 요구로 베스트프렌드사 측이 다시 협상 테이블에 앉았다. 미래 역시 센터 직원과 회의실로 돌아왔다. 남자는 비밀 유지 협약 대가로 미래 소유권을 넘기는 것을 제안했다. 상대 변호사가 나를 보며 입을 열었다.

"열다섯다운 순진한 생각이네요. 신인류 군, 미래에게 발열 문제가 있다는 건 알죠? 그 문제는 앞으로 더 심해질 겁니다. 그 훼손된 코드를 고치는 건 오직 베스트프렌드사만이 가능하죠. 진정으로 미래를 위한 행동이 뭔지 다시 생각해 봐요."

로봇 코드는 개발자의 고유 시그니처로만 접근이 가능했다. 이런 식으로 고집부리면 미래를 고쳐주지 않겠다고 엄포를 놓는 것이다. 치사하게. 발열 코드를 고치지 않을 경우 앞으로 발생할 이상 현상 등을 다른 로봇의 영상으로 보여주며 나를 위협했다. 그 협박은 통했다. 그건 내가 결정할 수 있는 일이 아니었다. 나는 고개를 돌려 미래를 보았다.

그때였다. 미래가 손을 들고 말했다. 말을 할 때마다 소리가 울려서 몸이 조금 떨렸다.

"저는 물류 지하 터널로 이동해도, 전원이 꺼진 채 구금돼도

괜찮아요. 대신 연구 중인 안드로이드 아이 모델 생산을 금지
해 주세요."

우리 모두 놀란 눈으로 미래를 바라보았다. 전혀 예상치 못
한 말이었다. 베스트프렌드사 변호사는 팸플릿 홍보 문구를
읽는 것처럼 불임 부부의 고통을 행복으로 바꿔줄 사랑스러운
안드로이드 아이에 대해 열변했지만, 미래는 단호했다.

"아이는 자라야 해요."

30

"왜 그랬어?"

"오랫동안 생각했어. 그들과 다시 만나게 되면 뭘 이야기해
야 할지."

만약 미래가 아이였다면, 지난 칠 년 동안 부지런히 자랐을
것이다. 마음만큼 몸이 자랐을 것이고, 나와 같은 나이로 세상
에 맞서고 대면했을 것이다. 세상의 모든 아이는 자란다. 약하
다고, 작다고, 어리다고 아이들을 때리는 어른들에게 말하고
싶었던 걸까. 아이는 자라니까 때리지 말라고. 아이가 자랄 수
있게 때리지 말라고. 자라지 않는 아이인 미래가 오랫동안 생
각해 왔다는 그 말을 곱씹을수록 손끝이 저렸다.

어른들이 협상 전략을 다듬느라 다른 사무실에서 통화하고
자료를 취합하는 사이 미래와 나는 회의실에 덩그러니 둘만

있었다. 긴 시간 준비해 온 미래의 말도, 충동적으로 벌인 나의 행동도 도시를 이루는 욕망들 앞에서 발이 묶여버렸다. 블랙홀처럼 깊은 어둠에 대고 소리치는 것 같았다. 센터 직원이 화장실에 간 지금, 이대로 미래 손을 잡고 어디로든 멀리 도망가고 싶었다.

문이 열리면서 뜻밖의 사람이 들어왔다. 나는 본능적으로 미래를 두 팔로 감싸고 창을 앞세우듯 날카롭게 소리쳤다.

"가까이 오지 마요! 소리 지를 거예요."

"얘기 좀 해. 왜 계약서에 사인하지 않는 거야?"

그녀는 미래만 보고 있었다. 미래의 몸이 미세하게 떨렸다. 나는 미래가 그녀와 눈을 마주치지 못하게 몸으로 가로막았다.

"그게 당신과 무슨 상관이에요?"

"네가 까발리면 난 치료받을 수 없어. 기어코 나를 죽일 셈이야? 복수하는 거니?"

복수라는 단어로 우리에게 죄책감을 심도록 내버려 두지 않을 거다. 나는 유리로 이루어진 벽을 주먹 끝으로 세게 두드렸다. 몇몇 사람이 그 소리에 돌아보았고, 회의실에 그녀가 있는 걸 발견하자 즉시 뛰어들어 왔다.

여자는 난동을 부렸다. 이거 놓으라고. 저 로봇이 기어코 날 죽이려는 거라고. 이럴 줄 알았다고! 모든 게 저 로봇 탓이라고!

복도에서 미래를 보는 베스트프렌드사 대표는 표정이 어두워졌다. 사람들이 다시 바쁘게 움직였다. 나는 복도 쪽 유리 벽면을 블라인드로 가렸다. 소리까지 모두 막을 순 없겠지만 그 것들을 다 볼 필요는 없으니까. 나는 미래와 함께 있는 이 시간 이 그 무엇보다 소중했다.

"그 여자 말 마음에 담아두지 마. 이따 협상할 때 오직 너만 생각해."

미래는 아무 말도 하지 않았다. 우리는 고요히 자리에 앉은 채 기다렸다.

한 시간여가 흐른 후 삼자대면이 이루어졌다. 그 여자와 담당 국선 변호사, 베스트프렌드사 변호사단과 대표, 우리 쪽 사람들이 다시 자리에 앉았다.

그사이 상황이 바뀌었다. 그 여자가 구두로 약속한 비밀 유지 계약에는 앞으로 절대 미래를 만나지 않을뿐더러 그 조항에 대해 일절 언급도 하지 않겠다고 약속되어 있었다. 그런데 조금 전 흥분해서 그 조건을 어긴 것이다. 계약은 전면 무효가 되었고, 국선 변호사가 협의 과정에 자신들도 참여하게 해달라고 요구해서 삼자대면이 이루어졌다.

베스트프렌드사 측이 먼저 입을 열었다.

"내부 논의 결과, 신규로 진행 중인 안드로이드 아이 모델은 공익적인 측면에서도 중요하기 때문에 폐기는 절대 협상 카드로 사용할 수 없음을 재차 확인했습니다."

"내 돈은? 미국은 언제 갈 수 있는데?"

그녀가 끼어들자 담당 변호사가 자제해야 한다고 속삭인

뒤, 변호사들을 향해 말했다.

"제 의뢰인의 지원에 대한 협상이 다시 이루어지려면 로봇이 비밀 유지에 완벽하게 동의해야 합니다. 그래서 전 로봇 칩의 리셋을 요청합니다."

리셋이란 말에 숨이 쉬어지지 않았다. 남자가 나에게 눈짓했다. 걱정하지 말라고. 곧이어 남자가 벽면에 영상을 띄우며 침착하게 말했다.

"다들 이 건물 안에 틀어박혀 있어서 바깥 상황을 너무 모르시는 것 같군요. 여기서 우리끼리 결정할 단계는 이미 지났습니다."

남자는 그사이 새롭게 추가된 신문 기사와 댓글들, 추가 영상 자료들을 띄웠다. 베스트프렌드사와 김애선이 재협상하느라 정신이 팔린 사이, 남자는 바깥 동향을 취합하고 있었다. 수사 보조원 안드로이드가 신입 변호사와 함께 짝을 이루어 앞쪽 벽에 영상을 띄웠다. 남자가 자리에서 일어나 빔이 쏘아진 화면 쪽으로 걸어가며 말했다.

"그 처음은 개인 블로그였습니다."

블로그명은 '두번째 인간'이었고, 관리자는 '바다숲'이었다. 관리자는 오 년 전부터 로봇과 환경에 대해 지속적으로 자료를 업로드하고 있었다. 이웃만 전세계적으로 천만 명에 달했다. 바다숲은 이 바닥에서는 영향력 있는 하트헌터였다.

영상 편집에 있어서 가우디스피릿과 비할 수 없이 탁월했

다. 영상에 AI목소리를 써서 남자인지 여자인지 아니면 로봇
인지조차 알 수 없지만.

생각해 보니, 며칠 전 채널을 검색할 때 스치듯이 본 것 같
았다. 하지만 방학 숙제와는 딱히 연결되는 게 없어서 신경쓰
지 않았는데, 저 바다숲이 이 사건과 무슨 관련이 있는 거지?
나만 모르는 건가?

고개를 돌려보니, 상대측 변호사들은 각자의 패드로 검색하
고 있었다. 여유를 부리던 그들은 베스트프렌드사 측에서 제
공한 안드로이드를 급하게 소환했다. 소리 없는 아우성 속에
서 남자는 차분하게 영상을 설명했다.

바다숲이 올린 모든 영상은 영어를 비롯해 각국의 언어로
변환해 따로 올려져 있었다. 수사 보조원 안드로이드는 나에
게 그중 한국어로 된 영상을 보여주었다. 다른 이들은 벽에 쏟
아진 영어로 된 문제 영상을 보았다. 세 시간 전에 올라온 그
영상의 조회수는 1억 뷰를 넘겼다.

"세 시간 만에 1억 뷰요?"

나는 깜짝 놀라 목소리가 뒤집어졌다. 남자는 웃음을 깨물
며 나를 보며 말을 이었다.

"다들 놀라셨을 겁니다. 조작이 아니냐 생각하시는 분도 있
겠죠. 그래서 회의 전 블로그 업체에 확인해 보았습니다. 조
작은 없습니다. 대신 어그로를 끌었더군요. 'The RobotPark
Caretel'로."

로봇파크 담합. 베스트프렌드사 대표의 얼굴이 사색이 되었다. 그의 표정을 확인한 순간 나는 무게의 저울추가 우리 쪽으로 기울었음을 확신했다. 바다숲이 바람의 방향을 바꾼 것이다.

그런데 저 바다숲, 왜 이렇게 익숙하지?

31

로봇파크는 전세계적으로 유명했다.

로봇 시장은 전 세계를 대상으로 하기 때문에 모두 연결되어 있었고, 우리나라에 세워진 로봇파크는 전세계적으로 아홉 번째였다. 그래서 지난 며칠 검색어에 언제나 로봇과 안드로이드가 상위 탑 10 안에 들 정도의 초미의 관심사였다. 그런데 그 검색어에 '카르텔'이란 말을 붙인 것이다. 대담하게도. 나는 내가 한 일도 아닌데 심장이 뛰었다.

담합 문제에서 자유로울 로봇 회사들은 없었다. 2의 저항으로부터 시작된 이야기는 서울시 도시 미관법 전반으로 공격 범위가 커졌다.

수사 보조 안드로이드가 나에게 몸을 기울여 작게 속삭였다.

"심장 박동이 빨라졌군요. 괜찮나요?"

"아, 네. 괜찮아요."

"지금부터 마음 단단히 먹어요."

나는 고개를 돌려 수사 보조 안드로이드를 보았다. 저것보다 더 센 게 있다고? 생각하는 사이 영상이 바뀌었다.

"지금부터 보여드릴 것은 두 번째 인간 블로그에 올려진 익명의 영상입니다."

두번째 인간 블로그가 유명해진 이유는 다른 사람들도 관리자의 허락을 받으면 그곳에 영상을 올릴 수 있기 때문이다. 남자가 영상의 볼륨을 높였다. 나는 너무 놀라 엉덩이가 자리에서 몇 센티미터 떴다. 수사 보조 안드로이드가 침착하게 내 의자를 조정해서 다시 앉혔다.

지하 물류 터널에서 일하는 구형 로봇들 영상이 화면을 가득 채웠다. 로봇들에게는 모두 녹화 기능이 있었는데, 제2 지하 터널로 보내지는 로봇들은 그 기능이 전부 제거되었다. 바로 오늘 같은 문제를 미연에 방지하기 위해서다. 그런데 누군가 원격으로 그 구형 로봇 중 하나에 접속해서 녹화 기능을 복구한 것이었다. 생방송이었다. 서울시 아래 제2 지하 터널의 모습에 나는 입이 다물어지지 않았다.

구형 로봇들은 어두침침한 제2 지하 터널에서 끊임없이 뛰어다니며 물건을 나르고 있었다. 그중 한쪽 다리가 불편한 로봇도 있었으나 그 로봇 역시 무거운 수레를 끌고 앞을 향해 움직였다.

구형 로봇들은 사람으로 치면 치료도 받지 못한 채 완전히 파손되기 직전까지 일을 하고 있었다. 팔 하나가 끊기고, 눈 한쪽이 불로 지져지는 등 여기저기 파손된 구형 로봇들이 힘

을 합쳐 몇 톤에 달하는 무거운 트럭을 끌고 있었다. 그 트럭
에는 서울시 곳곳의 마트에 배달되어야 할 물건들이 담겨 있
었다.

목소리 변조를 이용한 화이트 해커가 말했다. '아름다운 도
시 아래 구형 로봇들은 착취당하고 있다.' 그 어둠 속에서 띵띵
띵 소리가 울렸다. 배달이 늦어서 독촉 문자가 온다며 빨리 일
해야 한다는 경고음이었다.

나는 고개를 돌려 미래를 보았다. 미래는 나를 보고 있지 않
았다. 미래의 눈은 오직 벽을 가득 채운 화면에 집중되어 있었
다. 왜 미래가 공장 창고에 토막난 로봇을 땅에 묻어주었는지,
이제야 나는 오롯이 이해했다. 나는 일어서서 미래에게 달려
가 그 옆에 앉았다. 직원이 뭐라고 하든 말든 난 미래의 손을
꽉 잡아주었다.

남자가 손안의 작은 리모컨을 눌러 새로고침 버튼을 누를
때마다 조회 수가 기하급수적으로 올라갔다.

"이 모든 것은 하나의 영상으로부터 시작됐죠."

벽에 '인류의 미래' 영상이 떴다. 내가 만든 영상에 자막이
달려 각국의 언어로 변환되어 있었다. 남자는 창을 여러 개 띄
워서 각국에서 인류의 미래 영상이 얼마나 빠르게 들불처럼
번지고 있는지 보여주었다.

그 아래로 댓글이 눈으로 다 읽을 수도 없이 빠르게 달리고
있었다. 댓글마다 느낌표들이 엄청나게 많았고, 화난 이모티

콘이 천지였다. 성난 사람들의 목소리가 온라인을 타고 전 세계로 퍼지고 있었다.

그게 끝이 아니었다. 남자는 상대측 변호사들을 지나 창가 쪽으로 걸어갔다. 블라인드를 걷었다. 해가 지면서 노을이 붉게 번지고 있었다. 남자가 베스트프렌드사 대표를 보며 차분하게 말했다.

"직접 보시죠."

각 방송사들이 송출하던 쇼와 광고를 중지하고, 긴급 뉴스를 보도하기 시작했다. 우리가 이제까지 본 영상을 요약해서 뉴스에서 전했다. 거리 곳곳에 사람들이 마스크를 쓰고 걷고 있었다. 그 광경을 실시간으로 취재하는 모습이 전광판에 비추었다.

내가 올린 영상의 말미에서 김애선은 달려와 미래의 마스크를 벗겼다. 그러면서 내 카메라에 미래의 얼굴이 드러난 부분이 0.1초 정도 잡혔는데, 그 얼굴을 캡처한 게 퍼진 것이었다. 입이 없는 미래를 대변하듯 많은 사람들이 마스크를 쓰고 거리에 나섰다.

왜 마스크를 쓰고 거리로 나섰냐는 취재 기자의 질문에 한 아주머니가 답했다.

"누군가는 목소리를 내야 하니까요. 한 사람이라도 더 나서야죠."

야구 모자를 쓴 한 청년은 검은 마스크를 쓴 채 제 생각을 분명히 밝혔다.

"도시 미관법 말이에요, 웃기지 말라 그래요. 난 반대합니다!"

그 청년은 청소년 쉼터 형이었다. 마스크를 썼지만 보자마자 알았다. 그가 쉼터에서 본 구형 로봇개를 안고 거리로 나왔기 때문이다. 전광판에서 나오는 뉴스는 사람들이 내는 목소리의 확성기가 되어주었다.

남자는 한 치의 흔들림도 없이 베스트프렌드사 대표를 보며 말했다.

"세상에 영원한 비밀은 없죠. 조언을 드리자면, 지금은 솔직하고 발 빠른 사과만이 떨어지는 기업 이미지가 더 추락하는 것을 막을 유일한 방법입니다."

대표는 바깥 상황과 주식 동향 등을 확인한 뒤 변호사에게 귀엣말했다. 남자가 우리 쪽으로 걸어왔다. 그런 뒤 내 옆에 앉아 내 손을 꽉 잡았다.

그 후 모든 것이 빠르게 진행되었다. 몇 시간 후 숨 막혔던 회의가 끝났다. 김애선 측은 미국행이 취소되었지만 치료비 일부를 지원받기로 했다. 지원을 이유로 어떤 언론과도 이 사건과 관련해 인터뷰해서는 안 된다는 조항이 붙었다.

그 후로도 몇 시간의 열띤 협의 끝에 미래의 소유권이 베스트프렌드사에서 할아버지로 바뀌었다. 할아버지는 소유권 이전 서류에 서명한 뒤 나를 단단하게 안아주었다.

"고생했다."

협의가 끝난 후 남자는 굳은 얼굴로 휴대폰 문자를 확인했다. 곧이어 베스트프렌드사 대표가 남자에게 향했다. 오늘 인상적이었다면서 남자에게 명함을 주었다. 남자는 미소로 응대했다.

남자는 명함을 주머니에 넣은 뒤 할아버지와도 인사했다. 남자는 조만간 다 같이 밥을 먹자는 말을 하며 내 어깨를 잡았다. 나는 대답하지 않았다. 우리를 도와준 게 고마워서 입도 벙긋 안 하려고 했지만, 입이 제멋대로 열렸다.

"이제 베스트프렌드사와 일하실 건가요?"

이 문제에 열성적으로 달려든 게 더 큰 물로 옮기기 위한 발판이었냐고 쏘아붙이고 싶었지만, 그 말만은 꾹꾹 눌러담았다. 남자는 쓰게 웃으며 말했다.

"그럴 수 없을 것 같은데. 앞으로 해림이 때문에 바빠질 것 같아서."

'두번째 인간' 카페를 만들고 그 문제를 최초로 언급한 게 바로 해림이었다. 이 건물 다른 방에서 음모론에 불을 지피는 정보를 쉴 새 없이 온라인에 올린 것이 해림이라는 것을 조금 전 해림이 보낸 문자를 통해 알게 된 것이다. 아들에 이어 딸까지 바통 터치하듯 세상을 뒤흔드는 바람에 남자는 며칠 사이 십 년은 늙은 얼굴이었다.

"더 고생하게."

할아버지는 덕담처럼 남자에게 말한 뒤 몸을 돌렸다. 미래를 내려다보며 말했다.

"너도 고생했다. 이제 집에 가자."

미래는 할아버지를 보며 고개를 끄덕였다. 우리 셋은 함께 대형 로펌 건물을 나왔다. 건물 앞에 익숙한 차가 보였다. 장 씨 아주머니 트럭이었다. 운전석에 앉은 장 씨 아주머니가 잠자리 선글라스를 코로 내리며 우리를 향해 물었다.

"다 끝난 거야?"

32

길었던 여름 방학이 끝났다.

개학 첫날, 담임 선생님과 개별 면담이 이루어졌다. 채널에 방학 숙제를 업로드한 순서로 상담이 이루어졌다. 나는 맨 마지막으로 상담실로 들어갔다.

의자에 앉은 후에도 선생님은 아무 말이 없었다. 선생님 앞에는 '인류의 미래' 채널이 열려 있었다. 패드 한쪽 메모장 위에는 내 이름이 적혀 있었고 그 아래로 내가 들어오기 전 선생님이 미리 적어놓은 낙서가 보였다.

'조회 수? 점수 반영 ×' '이유! 왜.' '앞으로……'

"일부러 그런 거니?"

"제가 가려는 세상이 이게 맞는 건지 묻고 싶었어요."

선생님은 패드 화면을 끄고 나를 바라보았다. 내 안에서 많은 말이 차올랐다가 사라졌다. 이야기해도 달라지지 않을 거라고 실의에 빠져서는 아니었다. 선생님의 긴 침묵 앞에서 고개를 숙이고 손바닥을 문질렀다.

"선생님께 미리 연락 드리고 어떻게 해야 할지 여쭤봤어야 했는데. 죄송해요."

누구보다 나를 믿어주고 응원해 주는 사람들 중 앞 열에 선생님이 있었다는 걸 까맣게 잊고 있었다. 지난여름, 코뿔소처럼 앞뒤 재지 않고 들이받기 전 생각했어야 했는데.

"어떤 선생님도 네가 뭘 해야 할지 말해줄 순 없어. 말한다고 해도 그건 절대 정답은 아니고. 모든 건 네가 직접 겪어봐야 아는 거니까. 넌 세상에 제대로 질문한 것 같은데?"

선생님이 나를 향해 미소 짓고 있었다. 선생님이 상담실 뒤쪽 박스에서 초코 우유를 꺼내서 나에게 주었다. 학생들을 위로할 때면 챙겨주는 우유였다. 우리끼리는 그 초코 우유를 '토닥토닥 눈물 방지용'이라고 불렀다. 이제부터 꼭 해야만 하는 이야기가 나오겠구나 싶었다.

"유급은 없을 거야. 네가 걱정하는 게 그거라면. 근데, 건축과 특별 고등학교 추천서는 어려울 것 같아. 원서 쓰려면 일 년 정도 남았지만, 네가 다른 학생들의 선례가 되어선 안 되니까."

"중뿔난 행동으로 법에 맞서지 말라는 경고인가요?"

"그게 세상을 지키는 방법이니까. 다수의 생각이 그래."

오랜 논란 속에 이제 첫 삽을 뜬 특별 고등학교였다. 학생 하나 때문에 논란을 더 가중하지 않겠다는 것이 그들의 결정이었다. 나는 초코우유를 따서 조금 마셨다.

"학교가 전부는 아니야. 알지?"

"전 포기하지 않을 거예요. 꼭 거기 갈 거예요."

가고 싶다는 말로는 마음을 표현하기에 부족해 보여서 가겠다고 했지만, 불가능 쪽으로 기울어진 추를 바꿀 방법은 보이지 않았다. 상담실 문이 드르륵 열렸다. 옆 반 선생님이 퇴근 언제 하느냐며 물어보러 온 것이다.

"먼저 가세요. 오늘은 늦게 퇴근할 것 같아요."

일어날 준비를 하던 나는 엉거주춤한 자세로 선생님을 보았다. 다시 상담실 문이 닫힌 후 선생님은 패드를 열었다. 패드 위로 학교에 내려온 방학 숙제 성적 산출 근거 공문과 특별 고등학교의 베스트프렌드관 명칭이 바뀔지도 모른다는 기사를 띄우며 말을 이었다.

"네 방학 숙제는 최소 기본 점수인 10점이지만, 사실 교수님들에게는 마이너스 점수에 가까울 거야. 영상이 큰 파장을 일으켰지만, 이건 제목부터 미래의 꿈이지 네 꿈이 아니니까. 서울시 건물을 찍은 걸로 너의 꿈을 증명할 순 없어. 네가 로봇학과로 지원하는 게 아니라면."

선생님은 가우디스피릿 자료를 띄우며 이 학생 역시 교육부에서 준 근거에 따라 점수를 산출해 보면 낮게 책정될 거라고 덧붙였다. 뒤이어 높은 점수를 받게 될 다른 학생들의 영상을 예로 보여주었다. 자신의 꿈이 얼마나 간절한지 진솔하게 스스로를 인터뷰하는 형식으로 찍은 학생도 있었고, 자신이 하고 싶은 일의 인턴을 자원해서 찍은 한 달 브이로그도 있었다.

"실은, 아까 오전에 로봇학과 홍서원 교수님이 네가 원하면 직접 추천서를 써주고 싶다고 학교로 연락이 왔어."

"네? 로봇학과요?"

나는 당황했다. 선생님은 패드로 정보를 찾아서 보여주었다. 그는 외국의 유명 대학에서 교수로 재직하며 수많은 프로젝트를 이끄는 석학이었다. 기능적으로 우수한 로봇을 만드는 것에서 그치지 않고 로봇권, 로봇법, 로봇심리학까지 다방면에서 협업을 하며 로봇과 함께하는 사회에 대해 우리 모두 고민해야 한다고 목소리를 높였다.

선생님이 어제자 신문 기사를 패드에 띄우며 말했다.

"홍 교수님이 얼마 전 〈뉴욕타임즈〉에 우주에 세워질 건축에 로봇과 인간이 협업하는 프로젝트를 계획 중이라고 발표하셨어."

나는 선생님을 보았다. 입이 열렸지만 너무 많은 말이 차올라서 어떤 말도 나오지 않았다. 선생님이 내 표정만 보고도 알겠다며 씨익 웃었다. 난 울먹이며 고개를 세차게 끄덕였다.

"하지만 추천서가 있다고 해도, 입학은 별개의 문제야. 네

성적이 특별고 지원 자격은 되어야 하니까. 우리에게 남은 건 3학년 1학기까지 앞으로 네 번의 지필고사, 중간에 있을 수십 개의 수행 평가, 그리고 이번 겨울에 나갈 마지막 방학 숙제야."

선생님은 내가 더 힘써야 하는 과목들과 합격 예상권 점수 등에 대해 함께 이야기를 나누었다. 해가 질 무렵 나는 계획표를 들고 상담실을 나왔다.

학교 정문 앞에 미래가 있었다. 이글비는 나를 보자 꼬리를 흔들며 달려왔다. 미래는 뛰지 말라면서 앞서가는 이글비에게 끌려오다시피 뛰어왔다.

"마중 나온 거야?"

"놀다가 심심해서."

이글비와 아침부터 산책하고 놀다가 심심해서 온 것이라며, 딱히 널 일부러 마중나온 건 아니라는 듯이 뻐겼다. 나는 씨익 웃으면서 이글비 줄을 달라고 손을 내밀었다. 하지만 미래는 이글비가 자신과 더 친해질 필요가 있다며 자신이 줄을 쥐겠다고 고집을 피웠다.

걸으며 휴대폰을 확인해 보니 해림에게서 문자가 엄청 많이 도착해 있었다. 일찌감치 상담을 마치고 서울로 돌아간 해림은 방학 숙제가 높은 점수를 받았다며 자랑하는 이야기로 수다스러웠다. 두 번째 인간 카페 문제로 소송이 진행 중인데도 해림은 밝았다. 어떻게 이렇게까지 밝을 수가 있는 건지, 여러

모로 대단하다는 생각이 들었다.

도시 미관법, 구형 로봇, 지하 물류 터널과 관련된 싸움은 계속되고 있었다. 로봇 회사들은 각 로봇들의 파격적인 할인 행사와 더불어 새로운 모델 출시를 앞당기고, 안드로이드가 첫 주연하는 영화 개봉에 공격적인 마케팅을 퍼부으며 그 문제를 덮으려고 했다. 그런 방법이 먹힐 리 없다고 코웃음치고 싶었지만, 전보다는 확실히 온도가 많이 내려가 있었다.

내가 꿈꾸는 도시는 구형 로봇과 새로운 로봇이 인간과 함께 공존하는 도시다. 그래서 며칠 전 청와대 신문고에 '서울시가 미래의 상징이 되어주세요'라는 청원 글을 올렸다. 그리고 앞으로 주말마다 미래와 장 씨 아주머니 트럭을 타고 전국 공원을 돌며 '구형 로봇도 거리를 걷고 싶어요' 피켓을 들고 홍보하기로 했다.

백만 년 전 쏜 빛이 별로 보인다고 과학 시간에 배웠다. 가장 가까운 별도 사 년 전 모습이라는데, 지금 우리가 쏘아 올린 작은 공은 언제쯤 폭죽이 되어 하늘을 반짝반짝 수놓을까.

"방학 숙제는 만점 받았어?"

미래가 불쑥 나에게 물었다. 영상 제목부터 마지막까지 자신이 나왔으니 무조건 만점일 거라고 생각하는 미래의 자신감에 웃음이 터졌다. 웃음 끝에 그건 앞으로 질문 금지라며 고개를 가로저었다. 미래는 자꾸 몇 점이냐고 고집스럽게 물었다.

"자꾸 그러면 너한테도 로봇 금기 질문 해버린다?"

"로봇 금기 질문?"

"너 몰라? 로봇한테 꿈이 뭐냐고 물으면 모든 회로가 꼬여서 일시 정지한다던데?"

학교 로봇 보조 쌤들이 토씨 하나 틀렸다고 수행 평가 점수를 야멸치게 깎을 때마다 몇몇 학생이 복도에서 불시에 그 질문을 해버리겠다며 벼르는 걸 들은 적이 있었다.

미래는 발을 모으고 제자리에 멈춘 후 나를 빤히 보며 말했다.

"내 꿈은 인류야. 인류 네가 내 꿈이야."

미래는 고개를 들어 오직 나만 보고 있었다. 얼굴색 하나 안 바뀌고, 입에 침도 안 바르고. 불시에 들어온 어퍼컷 같은 고백이었다. 가우디가 이런 기분이었을까. 내 꿈이 가우디라고 얘기하는 걸 듣고 무덤에서 슬쩍 미소지었던 거 아니야? 얼굴이 뜨거워졌다. 누군가에게 꿈이 된다는 건 설레는 일이다.

"근지럽네. 근데 왜? 이유가 뭐야?"

"넌 모두에게 사랑받잖아. 해림이도, 변호사도, 할아버지도, 공장 아저씨들도, 선생님도, 이글비도 그리고 나도. 모두 널 사랑하잖아."

"너도 그래."

미래에게서 이글비의 줄을 냉큼 빼앗은 후 뛰었다. 미래가 같이 가자며 뒤에서 짧은 다리로 열심히 쫓아왔다. 약 올리듯이 잡힐 듯 말 듯 뛰다가 걷다가 또 뛰었다. 이글비는 내가 장난치는 걸 눈치채고 신이 나서 큰 소리로 컹컹 짖었다. 반면 뒤에서 미래가 열받아서 씩씩거리는 소리가 들렸다.

이글비와 뒤쪽을 돌아보았다. 미래는 멈춰선 채 선생님께 질문 있다고 말하는 것처럼 손을 올리고 있었다. 그 의미가 뭔지 알 만큼 나는 미래와 가까웠다. 나는 뒤로 뛰어가서 미래의 손을 덥석 잡았다.

미래는 따뜻했다.

로고

ⓒ김영리, 2023

초판 1쇄 인쇄일 | 2023년 11월 24일
초판 1쇄 발행일 | 2023년 11월 30일

지은이 | 김영리
펴낸이 | 사태희
편　집 | 최민혜
디자인 | 홍성권
마케팅 | 장민영
제　작 | 이승욱 이대성

펴낸곳 | (주)특별한서재
출판등록 | 제2018-000085호
주 소 | 08505 서울특별시 금천구 가산디지털2로 101 한라원앤원타워 B동 1503호
전 화 | 02-3273-7878
팩 스 | 0505-832-0042
e-mail | specialbooks@naver.com
ISBN | 979-11-6703-095-5 (43810)

이 도서는 한국출판문화산업진흥원의 '2023년 우수출판콘텐츠 제작 지원' 사업 선정작입니다.